ニセコイ

映画ノベライズ みらい文庫版

古味直志・原作
はのまきみ・著
小山正太　杉原憲明・脚本

集英社みらい文庫

目次《もくじ》

contents & character

人物紹介《じんぶつしょうかい》

一条《いちじょう》 楽《らく》

極道一家《ごくどういっか》「集英組《しゅうえいぐみ》」のひとり息子《むすこ》で、ごくふつうの真《ま》面目《じめ》な高校生《こうこうせい》。幼《おさな》い頃《ころ》に結《けっ》婚《こん》の約束《やくそく》をした運命《うんめい》の相《あい》手《て》をさがしているが、同級《どうきゅう》生《せい》の小野寺《おのでら》に恋心《こいごころ》を抱《いだ》く。

ニセコイ

桐崎千棘《きりさきちとげ》

楽《らく》の高校《こうこう》に転校《てんこう》してきた金髪《きんぱつ》ハーフの女《おんな》の子《こ》。運《うん》動神経《どうしんけい》バツグンで、短気《たんき》でケンカっ早《ぱや》い。実《じつ》はギャング組織《そしき》「ビーハイブ」のボスの娘《むすめ》。

小野寺《おのでら》 小咲《こさき》

楽《らく》のクラスメイトの女《おんな》の子《こ》。楽《らく》が思《おも》いを寄《よ》せている。おっとりしていて、性格《せいかく》もやさしい。

橘《たちばな》 万里花《まりか》

楽《らく》のことをさがして、転校《てんこう》してきた警視総監《けいしそうかん》の娘《むすめ》。楽《らく》と幼《おさな》い頃《ころ》に約束《やくそく》をした……？

ボディガード

鶫《つぐみ》 誠士郎《せいしろう》

ギャング組織《そしき》「ビーハイブ」の優秀《ゆうしゅう》なヒットマン。男《おとこ》の名《な》前《まえ》だが実《じつ》は女《おんな》の子《こ》。

ボディガード

友人《ゆうじん》

友人《ゆうじん》

クロード

千棘《ちとげ》のボディガード。誠士郎《せいしろう》と一緒《いっしょ》に千棘《ちとげ》の行《い》くところにいつもあらわれる。

宮本《みやもと》るり

小咲《こさき》の親友《しんゆう》。クールそうに見《み》えるが実《じつ》は友《とも》だち思《おも》い。勘《かん》がするどい。

舞子《まいこ》 集《しゅう》

楽《らく》の親友《しんゆう》。女《おんな》の子《こ》大好《だいす》きで明《あか》るいハイテンションな性《せい》格《かく》。

1 思《おも》いだせないヤクソク

見《み》わたすかぎり、花畑《はなばたけ》がつづく高原《こうげん》。

夏《なつ》の空《そら》は晴《は》れていて、チチチと小鳥《ことり》の鳴《な》き声《ごえ》が聞《き》こえてくる。

そこに、少女《しょうじょ》がひとり、ぽつんと置《お》かれたベンチに座《すわ》り、泣《な》いていた。

顔《かお》は、麦《むぎ》わら帽子《ぼうし》にかくれていて見《み》えない。

「どうして泣《な》いてるの？」

髪《かみ》に、ヘアピンをばってんの形《かたち》にしてとめている少年《しょうねん》がたずねる。

「わたしたちも、ロミオとジュリエットみたいに、離《はな》れ離《ばな》れになっちゃうの？」

少女《しょうじょ》は手《て》に、一冊《いっさつ》の飛《と》びだす絵本《えほん》を持《も》っていた。

『ロミオとジュリエット』。

とてもとても悲《かな》しい、恋《こい》のお話《はなし》だ。

表紙《ひょうし》には、横たわるロミオと、泣《な》きくずれているジュリエットの絵《え》がかいてあった。

少年《しょうねん》は、首《くび》を横《よこ》にふって答《こた》える。

「……そんなことないよ」

そして、ズボンのポケットからふたつのペンダントを取《と》りだした。

「きみは鍵《かぎ》を」

と、鍵《かぎ》の形《かたち》をしたペンダントを少女《しょうじょ》にわたす。

もうひとつのペンダントは、鍵《かぎ》を差《さ》しこむ錠前《じょうまえ》の形《かたち》をしていた。

「ぼくは錠《じょう》を。いつかぼくたちが大《おお》きくなってまた会《あ》えたら、きみの鍵《かぎ》でぼくの錠《じょう》を開《あ》けるんだ。そしたら……」

「そしたら？」

少女《しょうじょ》の顔《かお》は、帽子《ぼうし》にかくれたままで、まだ見《み》えない。

「結婚《けっこん》しよう」

少年《しょうねん》がそう言《い》うと、少女《しょうじょ》がコクリとうなずく。

錠《じょう》の形《かたち》をしたペンダントには、アルファベットでこう書《か》いてあった。

Zawsze in Love

「ザクシャ・イン・ラブ。愛《あい》を、永遠《えいえん》に」
少女《しょうじょ》がゆっくりと上《うえ》を向《む》く。
もう少《すこ》しで顔《かお》が見《み》える……というところで、どこからともなく声《こえ》が聞《き》こえてきた。
ドスの利《き》いた、男《おとこ》のダミ声《ごえ》だ。

「――坊《ぼっ》ちゃん、坊《ぼっ》ちゃん……」

だれだよもう……うるせーなぁ。

「朝《あさ》ですよ……起《お》きてください――」

朝《あさ》ってなんだよ。

「遅《ち》刻《こく》しちゃいますよ、坊《ぼっ》ちゃん！」

一条楽《いちじょうらく》は、パチッと目《め》を覚《さ》ました。
目《め》の前《まえ》に、いかつい男《おとこ》の顔《かお》がぬっとあらわれた。
キスでもしそうなくらいの距離《きょり》におどろき、楽《らく》は「おあぁっ！」と叫《さけ》んで飛《と》びおきる。
「顔近《かおちけ》ぇよ！　心臓《しんぞう》に悪《わる》いだろ！　あーあ、もう少《すこ》しで思《おも》いだせそうだったのに……」
楽《らく》は夢《ゆめ》を見《み》ていたのだ。うっとりするくらいに、いい夢《ゆめ》を。
十二年前《ねんまえ》、旅行先《りょこうさき》の高原《こうげん》で出会《であ》った女《おんな》の子《こ》が出《で》てきたけれど。
あの子《こ》はいったい、だれだったんだろう……!?

2 ふたりはニセコイ

楽《らく》

オレの名前《なまえ》は一条楽《いちじょうらく》。

どこにでもいる、高校《こうこう》三年生《ねんせい》だ。

ただ一点《いってん》をのぞいては——。

うちの屋敷《やしき》はとても大《おお》きい。豪奢《ごうしゃ》な日本家屋《にほんかおく》で、庭《にわ》も広《ひろ》い。よくある、でかい池《いけ》にでかい錦鯉《にしきごい》がうようよ泳《およ》いでいるようなタイプの屋敷《やしき》だ。

広《ひろ》い敷地《しきち》のまわりは板塀《いたべい》でかこまれ、正面《しょうめん》には門《もん》がある。

そして門《もん》の外《そと》には、人相《にんそう》の悪《わる》い男《おとこ》たちがズラリと並《なら》んでいる。

朝《あさ》、学《がく》ランを着《き》たオレが門《もん》を出《で》ていくと、待《ま》ちかまえていた男《おとこ》たちがいっせいに腰《こし》を低《ひく》く落《お》として、頭《あたま》をさげた。

「おはようございます、二代目《だいめ》!!」

毎朝《まいあさ》コレだ。こんなあいさつ、ふつうの家《いえ》じゃまずありえないだろ……。

「だから二代目《だいめ》って呼《よ》ぶなってつってんだろ！」

オレは門《もん》の横《よこ》に掲《かか》げてある大《おお》きな木板《きいた》を、バンッとたたいた。


『集英組《しゅうえいぐみ》』


板《いた》には、ごっつい筆文字《ふでもじ》でそう書《か》いてある。

集英組《しゅうえいぐみ》。ここらじゃ有名《ゆうめい》なヤクザの元締《もとじ》めで、オレはそこの組長《くみちょう》のひとり息子《むすこ》。

だけど――。

「オレはヤクザなんか嫌《きら》いなの。まっとうに生《い》きていたいの！」

そうなんだ。オレはヤクザになんかなりたくないんだってば。

一流大学《いちりゅうだいがく》を卒業《そつぎょう》して、堅実《けんじつ》な公務員《こうむいん》になりたいのっ！

「またまたぁ。じゃあだれがこの集英組《しゅうえいぐみ》を継《つ》ぐってんですかぁ」

そう笑《わら》うのは、うちの組《くみ》の若頭《わかがしら》、佐々木竜之介《ささきりゅうのすけ》。

傷《きず》あとのある顔《かお》に口《くち》ヒゲ、着流《きなが》し姿《すがた》――いかにもヤクザってかんじの見《み》た目《め》だが、義理《ぎり》がたくて信頼《しんらい》できるヤツだ。小《ちい》さい頃《ころ》からの世話役《せわやく》で、オレは「竜《りゅう》」って呼《よ》んでいる。

と、そのとき、門《もん》の中《なか》からうなるような声《こえ》が響《ひび》いた。

「なんだおまえら、朝《あさ》からせわしねえな」

ズラッと並《なら》んでいた男《おとこ》たちは、またいっせいに腰《こし》を低《ひく》く落《お》とした。

外《そと》に出《で》てきたのは、羽織《はおり》と袴《はかま》をビシッと着《き》こなした、白髪《はくはつ》の男《おとこ》。

これがオレの親父《おやじ》。集英組組長《しゅうえいぐみくみちょう》、一条一征《いちじょういっせい》だ。

「おはようございます、組長《くみちょう》！」

男《おとこ》たちがあいさつすると、親父《おやじ》が重々《おもおも》しくうなずいた。そしてオレに言《い》う。

「楽《らく》。今夜《こんや》は大事《だいじ》な話《はなし》がある。さっさと帰《かえ》ってくるんだぞ」

「………？」

あらたまって話《はなし》なんて……なんだろう？

まあいいや。モタモタしていたら学校《がっこう》に遅刻《ちこく》する。

それにしても、今朝《けさ》は久《ひさ》しぶりにあの夢《ゆめ》を見《み》たな。オレがまだ六歳《さい》だった頃《ころ》のできごと。

あの女《おんな》の子《こ》の顔《かお》を、オレはどうしても思《おも》いだせないんだ。


通学路《つうがくろ》を歩《ある》くオレを、みんながよける。

よける原因《げんいん》ならわかってんだ。オレはため息《いき》をついてふりかえった。

竜《りゅう》たちが、オレのうしろをゾロゾロついてきている。

原因《げんいん》はコレ。ずっと、毎朝《まいあさ》こんなかんじだ。

「だから、ついてくんなって！」

オレが怒鳴《どな》ると、先頭《せんとう》を歩《ある》く竜《りゅう》が、ビクッとして立《た》ちどまり、あとにつづく男《おとこ》たちもつられて止《と》まった。

「おまえらのせいで、オレの青春《せいしゅん》が台無《だいな》しなんだよ！」

竜《りゅう》が困《こま》った顔《かお》をする。

「しかし最近《さいきん》、新参者《しんざんもの》のギャングがうちのシマぁ荒《あ》らしてます。坊《ぼっ》ちゃんにもしものことがあっては――」

心配《しんぱい》だってことくらい、わかってるよ。だけどおまえらがくっついてると、オレはふつうの生活《せいかつ》、できないんだってば。

今《いま》まで友《とも》だちを作《つく》るだけでも、どれだけ苦労《くろう》したことか……。

こうなったら、おまえらみんな追《お》っぱらってやる。オレはあさっての方向《ほうこう》を指《ゆび》さして、わざとらしく叫《さけ》んだ。

「あ、ギャング！」

すると、男《おとこ》たちは「どこだゴルァ！」とすごみを利《き》かせて駆《か》けだしていった。

ふぅ……やれやれだ。

いやいや、一息《ひといき》ついている場合《ばあい》じゃない。

やばい、チャイムが鳴《な》ってるじゃねーか。
オレはあわてて走《はし》りだし、守衛《しゅえい》が閉《し》めかけている学校《がっこう》の正門《せいもん》にすべりこんだ。
「セーフッ！」
いやー、よかった。ギリギリ間《ま》にあった。
ほっとしたそのときだった。
オレのうしろのほうから、ものすごくでかい声《こえ》が聞《き》こえてきた。

「どいてどいてどいてどいて――――っ！」

んんん？　なにごとだ？
オレがふりかえると、正門《せいもん》の上《うえ》を、なにかがサッと飛《と》びこえてきた。
制服《せいふく》を着《き》た女《おんな》の子《こ》だった。
キラキラなびく長《なが》い金髪《きんぱつ》。

頭《あたま》には、うさぎの耳《みみ》みたいにピンと立《た》った真《ま》っ赤《か》なリボン。

「……え？」

と思《おも》った瞬間《しゅんかん》、目《め》の前《まえ》にヒザがせまってきて――。

ゴンッ‼

オレは地面《じめん》にぶっ倒《たお》れた。女《おんな》の子《こ》のヒザゲリが、額《ひたい》にクリーンヒットしたんだ。

一方《いっぽう》、金髪《きんぱつ》の女《おんな》の子《こ》は、タンッと、砂《すな》けむりをあげて見事《みごと》に着地《ちゃくち》。

「ごっめ――ん、言《い》うのが遅《おそ》かった！」

そう言《い》うと、女《おんな》の子《こ》はタタタタッと走《はし》り去《さ》っていく。

ヒザゲリしといてちゃんとあやまりもしねーのか。ていうか、めちゃくちゃ痛《いて》ーんだけど。

「あれ？」

ふと気《き》づいて胸元《むなもと》に手《て》を当《あ》てる。

うお―――っ！　ない！　大事《だいじ》な錠《じょう》のペンダントが、ないっっっっ‼

きっとさっきの衝撃《しょうげき》で、どこかへ飛《と》んでいったんだ。

朝《あさ》っぱらからヒザゲリ食《く》らって、相手《あいて》に逃《に》げられて、ペンダントまでなくすなんて……なんて日《ひ》だ！

あせってその場《ば》をさがしていたら、「大丈夫《だいじょうぶ》？」とやさしい声《こえ》がして、ペンダントを持《も》つ手《て》がすっと差《さ》しだされた。

見《み》あげると、同《おな》じクラスの小野寺小咲《おのでらこさき》が立《た》っていた。

「お、小野寺《おのでら》⁉」

オレのあこがれの女《おんな》の子《こ》、小野寺小咲《おのでらこさき》。

いつもやさしくて、黒《くろ》いボブヘアがかわいくて、笑顔《えがお》がステキな小野寺小咲《おのでらこさき》。

ほほえむ小野寺《おのでら》を見《み》たとたん、オレの顔《かお》はボッと熱《あつ》くなった。

「わ、悪《わり》ぃ……」

あわあわしながらペンダントを受《う》けとる。

そっかぁ……小野寺《おのでら》が……小野寺《おのでら》が拾《ひろ》ってくれたんだぁ……。

オレが余韻《よいん》にひたっていると、先《さき》を歩《ある》いていたクラスメイトの宮本《みやもと》るりが小野寺《おのでら》を呼《よ》ぶ。

「小咲《こさき》、遅刻《ちこく》するよ！」

「うん、今行《いまい》く」

小野寺《おのでら》は、オレにニコッと笑《わら》いかけてから、走《はし》っていった。

かかかか……かわいい……!!

「あーあ。約束《やくそく》の子《こ》が、小野寺《おのでら》だったらなぁ……」

オレはペンダントを握《にぎ》りしめてつぶやいた。

もしあの高原《こうげん》で出会《であ》った子《こ》が小野寺《おのでら》だったら——ああもう、そんなの最高《さいこう》だ！


朝《あさ》のホームルーム。

少《すこ》し前《まえ》の席《せき》にいる小野寺《おのでら》に見《み》とれていると、担任《たんにん》の日原教子《にちはらきょうこ》先生《せんせい》が教室《きょうしつ》に入《はい》ってきた。

「はい、今日《きょう》は転校生《てんこうせい》を紹介《しょうかい》します。よろこべ男子《だんし》、かわいいぞー」

クラスじゅうがざわつく。

転校生《てんこうせい》は女子《じょし》か。オレには関係《かんけい》ねーな。

だって一番《いちばん》かわいいのは、小野寺《おのでら》だからな。

オレのうしろの席《せき》に座《すわ》っているメガネ男子《だんし》の舞子集《まいこしゅう》は、女子《じょし》と聞《き》いて大興奮《だいこうふん》している。

「季節《きせつ》はずれの転校生《てんこうせい》！」

集《しゅう》は明《あか》るくていいヤツだ。家《いえ》のせいで友《とも》だちができにくいオレにとって、唯一《ゆいいつ》の気《き》の置《お》けない友《とも》だちだった。

ただし能天気《のうてんき》で、女《おんな》の子《こ》が大好《だいす》き。

興奮《こうふん》のあまり、集《しゅう》はオレの席《せき》にまで身《み》を乗《の》りだしてきた。

「ついにオレにも恋《こい》の予感《よかん》がしてきたぜ、二代目《だいめ》！」

「その二代目《だいめ》ってのやめろ、集《しゅう》」

オレたちがやりあっている間《あいだ》に、転校生《てんこうせい》のあいさつがはじまった。

「はじめまして。桐崎千棘《きりさきちとげ》と申《もう》します。ニューヨークから転校《てんこう》してまいりました」

オレと集《しゅう》は、ふざけるのをやめて、前《まえ》を向《む》く。

「父《ちち》はアメリカ人《じん》、母《はは》は日本人《にほんじん》で——」

自己紹介《じこしょうかい》をしている女子《じょし》を見《み》て、オレは思《おも》わず立《た》ちあがってしまった。

そこにいたのは、オレにヒザゲリを食《く》らわせた、あの金髪女子《きんぱつじょし》だったから。


「**ああ———っ！　さっきの暴力女《ぼうりょくおんな》！**」


クラスメイトたちが「暴力女《ぼうりょくおんな》？」「えっ、なになに？」と、またざわつく。

「あなた、さっきの……」

あっちもオレに気《き》づいたようだ。

教子先生《きょうこせんせい》が、愉快《ゆかい》そうにオレたちふたりをながめた。

「なんだ、知《し》り合《あ》いか？」

ヒザゲリ暴力女《ぼうりょくおんな》は、かわいこぶって、作《つく》り笑《わら》いを浮《う》かべている。

「ええと、さっきちょっとぶつかっちゃって……」

「ちょっと……だとぉ？」

ちょっとどころじゃねーぞ。おかげでオレの頭《あたま》はまだズキズキするんだ。

「こっちは飛《と》びヒザゲリをモロに食《く》らってんだぞ！」

「だからちゃんとあやまったじゃない！」

「どこがちゃんとだ。こっちは気絶《きぜつ》しかけたっつーの！」

暴力女《ぼうりょくおんな》がフンと鼻《はな》で笑《わら》った。

「大《おお》げさよ。あなたの血圧《けつあつ》が低《ひく》いだけじゃない？　白《しろ》いし細《ほそ》いし、モヤシみたい！」

くっ……くっそ。なんてこと言《い》いやがる。

「モヤシ⁉　だったらおまえはゴリラ女《おんな》だ！」

「ゴリラぁ……？」

ゴリラ女《おんな》がギロリとにらんだ。

そしてぐいっとオレに近《ちか》づいて、むなぐらを力《ちから》いっぱいつかんできた。

えっ、ちょっとオイ、なんだよ。

「だれがっ……だれがゴリラよ――――っ！」

つぎの瞬間《しゅんかん》、体《からだ》がふわりと浮《う》いて、目《め》の前《まえ》がぐるぐる回転《かいてん》し――。

気《き》づいたら、教室《きょうしつ》のうしろの壁《かべ》の前《まえ》でのびていた。落《お》ちた本《ほん》や花《か》びんが、オレのまわりに散《ち》らばっていた。

ゴリラ女《おんな》がオレを投《な》げとばしたのだ。

マジかよ。なんちゅー怪力《かいりき》。

クラスのやつらもびっくりして言葉《ことば》を失《うしな》っている。

すると、教子先生《きょうこせんせい》がパンと一回手《いっかいて》をたたいて、

「はい、わかりました――」

ニヤリと笑《わら》った。

「――ケンカするほど仲《なか》がいい。桐崎《きりさき》は一条《いちじょう》のとなりの席《せき》ということで。ちょうど空《あ》いてるし」

オレとゴリラ女《おんな》は、同時《どうじ》に叫《さけ》んだ。

「「いやいやいやいや、絶対《ぜったい》にイヤ！」」

なぜだ？　どうしてそうなる!?

今日《きょう》は、まったくもって災難《さいなん》な一日《いちにち》だった。

「……ただいま」

疲《つか》れはてて屋敷《やしき》へ帰《かえ》り、廊下《ろうか》をとぼとぼ歩《ある》いていると、仁王立《におうだ》ちする親父《おやじ》にでくわす。

「待《ま》っていたぞ、楽《らく》」

そういえば朝《あさ》、話《はなし》があるって言《い》ってたな。

オレは親父《おやじ》のあとについて、廊下《ろうか》を歩《ある》く。

「おめえ、ビーハイブっていうギャングは知《し》ってるか？」

「ギャング？　……ああ、シマを荒《あ》らしてるっていう」

「二週間前《しゅうかんまえ》にニューヨークから進出《しんしゅつ》してきた巨大組織《きょだいそしき》でな。ウチとは対立関係《たいりつかんけい》なんだが、ちと厄介《やっかい》なことになった」

親父《おやじ》が足《あし》を止《と》めて、廊下《ろうか》に面《めん》したふすまを少《すこ》し開《あ》けた。部屋《へや》の中《なか》を見《み》てみろ、ということらしい。

のぞいてみて、オレはゴクリと息《いき》をのんだ。

傷《きず》だらけでボロボロになった組員《くみいん》たちがいたのだ。包帯《ほうたい》でぐるぐる巻《ま》きにされ、ミイラみたいになっているヤツもいる。

部屋《へや》の中《なか》には竜《りゅう》もいて、

「抗争《こうそう》じゃあああ！」

と怒号《どごう》をあげる。ほかのやつらも「ドス持《も》ってこい！」「お礼参《れいまい》りだ！」と騒《さわ》ぎだした。

親父《おやじ》がそっとふすまを閉《し》めた。

もしかしてこれは、予想以上《よそういじょう》にヤバい状態《じょうたい》なのかもしれない。

「このままじゃ、全面戦争《ぜんめんせんそう》は避《さ》けられんだろう」

「戦争《せんそう》⁉」

「血《ち》で血《ち》を洗《あら》う戦争《せんそう》よ。関東全土《かんとうぜんど》が血《ち》の海《うみ》にしずむ」

血《ち》の海《うみ》って、そんな……。

オレはケンカは大嫌《だいきら》いだ。そもそもケンカ、弱《よわ》いしさ。

だいたいオレの平和《へいわ》な生活《せいかつ》はどうなってしまうんだ。一流大学《いちりゅうだいがく》を卒業《そつぎょう》して、公務員《こうむいん》になる未来《みらい》は⁉


……と考《かんが》えていたまさにそのとき、うちの屋敷《やしき》にギャング団《だん》がなだれこんできた。

「討《う》ち入《い》りじゃあ！　出合《であ》え、出合《であ》え！」

暴《あば》れまわるギャングを相手《あいて》に、日本刀《にほんとう》で立《た》ち向《む》かう集英組一家《しゅうえいぐみいっか》。

対《たい》してギャングのひとりがマシンガンをぶっぱなす。


ダダダ、ダダダダダ‼

つぎつぎと飛《と》んでくる銃弾《じゅうだん》を竜《りゅう》が日本刀《にほんとう》をクリーンヒットさせてはねのけていたが——。

そこになぜか玄関《げんかん》からあらわれる、小野寺小咲《おのでらこさき》。流《なが》れ弾《だま》を受《う》け、胸《むね》を押《お》さえて倒《たお》れこむ。

「い、一条《いちじょう》……くん……」

「小野寺《おのでら》————っ！」

オレは絶叫《ぜっきょう》とともに小野寺《おのでら》のもとへ駆《か》けよる。

あたりは血《ち》の海《うみ》だ。

いやこれ、ほんとに海《うみ》。泳《およ》げそうじゃん？

真《ま》っ赤《か》な波《なみ》もドッパーンと押《お》しよせてきて——。


——というのは、オレの妄想《もうそう》。

抗争《こうそう》なんて絶対《ぜったい》ダメだ。とんでもねぇ。明《あか》るい未来《みらい》がひとつもねぇ。頭《あたま》をフルフルとふって、最悪《さいあく》のイメージを追《お》いはらう。

「ダメダメダメダメ……」

「楽《らく》よ、おめえも血《ち》の海《うみ》で横泳《よこおよ》ぎしたかねぇだろ？」

「あたりめーだ！　てか、横泳《よこおよ》ぎなんてしたことねえし！　なんとかなんねーのかよ！」

親父《おやじ》がゆっくりと廊下《ろうか》を歩《ある》きだした。あとをついていく。

「ひとつだけ手《て》はある。しかも、おまえにしかできねえことだ」

「やるよ、それ！」

「やるって言《い》ったな」

ニヤリと親父《おやじ》が笑《わら》った。

え？　なにその気持《きも》ち悪《わる》いほほえみ？

ちょっと不安《ふあん》になったが、オレも男《おとこ》だ。ここで引《ひ》きさがるわけにはいかない。

「お、おう……」

強《つよ》がって返事《へんじ》をすると、親父《おやじ》はうれしそうにうなずいた。

「俺《おれ》とむこうのボスは古《ふる》い仲《なか》でな。俺《おれ》もヤツもなんとか抗争《こうそう》は避《さ》けたいが、若《わか》い衆《しゅう》の起《お》こしたイザコザの手前《てまえ》、そうやすやすと引《ひ》きさがることはできねぇ。そこでひとつ、策《さく》を練《ね》った。むこうにもおめえと同《おな》い年《どし》の娘《むすめ》がいるんだが……」

親父《おやじ》は、ふすまで閉《と》ざされた広間《ひろま》の前《まえ》で立《た》ちどまった。

「おまえ、その子《こ》と恋人同士《こいびとどうし》になってくれ」


「……はい？」

今《いま》なんて？

オレの聞《き》きまちがいか？

「はい、って言《い》ったな？」

「言《い》ってねーし！」

オレは「はい？」ってきいたんだ。返事《へんじ》の「はい」じゃねえ。

しかし親父《おやじ》はオレの言葉《ことば》をスルーして、勝手《かって》に話《はなし》をつづける。

「二代目同士《だいめどうし》が恋仲《こいなか》とあっちゃ、若《わけ》ぇ連中《れんちゅう》もおたがいに手《て》は出《だ》せん。なに、心配《しんぱい》はいらねえ。フリだけでかまわねえから」

「いや、だから！　オレの話《はなし》を……」

親父《おやじ》はオレの話《はなし》なんてまるで聞《き》かず、広間《ひろま》のふすまに手《て》をかけた。

「それじゃあ紹介《しょうかい》するぞ。ビーハイブのボス、アーデルトとその娘《むすめ》──」

親父《おやじ》がパーンと勢《いきお》いよくふすまを開《あ》けた。

「桐崎千棘《きりさきちとげ》ちゃんだ」

そこにいたのは、制服《せいふく》を着《き》てしおらしく座《すわ》る、ゴリラ女《おんな》だった。

横《よこ》で控《ひか》えている外国人《がいこくじん》の大男《おおおとこ》が、こいつの父親《ちちおや》、アーデルトさん……。

いやいやいやいやいや……えっ……えええええええ!?

親父《おやじ》とアーデルトさんは、満足《まんぞく》そうに笑《わら》っている。

そしてこう言《い》った。

「いいか、今日《きょう》からおまえたちはニセコイだ」

「「ニセコイ……？」」

あまりのできごとに、オレとゴリラ女《おんな》はそう言《い》って、ヒザからくずれおちそうになった。

3 休《きゅう》日《じつ》のオデカケ

千《ち》棘《とげ》

なぁにが「ニセコイ」よ！　あたし、完全《かんぜん》にだまされたわ！

お父《とう》さまに「彼《かれ》、なかなかイケメンらしいよ」なんてうまいこと言《い》われて、このお屋敷《やしき》までノコノコやってきたあたしがバカだった。

よりによって、このモヤシ男《おとこ》とニセの恋人同士《こいびとどうし》になるなんて。

いくらファミリーのためとはいえ、こんなのやってられないわよっ！

あたしたちがすでに学校《がっこう》で会《あ》っていることを知《し》って、お父《とう》さまは大《おお》よろこび。

「イッツ・クール。知《し》り合《あ》いなら話《はなし》は早《はや》いね」

って、鼻歌《はなうた》でも歌《うた》いそうなくらいに、ご機嫌《きげん》だ。

「ニセコイなんて、ムリムリムリムリ！」

あたしが全否定《ぜんひてい》すると、モヤシがかぶせてきた。

「オレだって、こいつだけは無理《むり》！」

それを言《い》いたいのはこっちよ。

「あたし、血《ち》の海《うみ》を横泳《よこおよ》ぎしたほうがマシ！」

そう言《い》ったら、組長《くみちょう》さんが目《め》を細《ほそ》めてあたしをほめる。

「お嬢《じょう》ちゃん。俺《おれ》と発想《はっそう》が同《おな》じだな。それに美人《びじん》だ」

えっ？　いや、それほどでも……照《て》れちゃうじゃない。

お父《とう》さまも、モヤシをまじまじとながめて、「楽《らく》くんもなかなか好青年《こうせいねん》じゃないか」なんてほめている。

「いや〜、それほどでも〜」

マヌケ面《づら》で照《て》れているモヤシを横目《よこめ》で見《み》て、あたしはクスッと笑《わら》ってやった。

「バッカじゃない。そんなのお世辞《せじ》よ」

「おまえだってお世辞《せじ》言《い》われて照《て》れただろ、今《いま》」

「うるさい、モヤシ」

「なんだと、ゴリラ」

ぐぬぬぬぅぅ！

にらみあっているあたしたちの背中《せなか》を、組長《くみちょう》さんがポンとたたく。

「なんだ、仲《なか》よしじゃねえか」

「「**仲《なか》よくない！**」」

あたしたちが同時《どうじ》に叫《さけ》んだそのときだった。


ドーーーーン!!


庭《にわ》からものすごい音《おと》が響《ひび》いてきた。

いったいなにごと!?

あたしとモヤシは、あわてて外《そと》へ出《で》てみる。

べつの部屋《へや》からは、集英組《しゅうえいぐみ》の男《おとこ》たちも飛《と》びだしてきた。

見《み》ると、お屋敷《やしき》の庭《にわ》の一角《いっかく》から、もうもうと煙《けむり》が立《た》ちのぼっている。

煙《けむり》が散《ち》ると、そこにいたのはビーハイブのメンバーだった。

中央《ちゅうおう》に立《た》つ、ピンク色《いろ》の派手《はで》なスーツを着《き》た男《おとこ》は、あたしのボディガード兼《けん》お目付《めつ》け役《やく》のクロード。

そのとなりでは、クロードの右腕《みぎうで》のヒットマン、鶫誠士郎《つぐみせいしろう》がバズーカ砲《ほう》をかついでいる。

この子《こ》、美少年《びしょうねん》に見《み》えるけれど、実《じつ》は女《おんな》の子《こ》なの。あたしは「誠士郎《せいしろう》」じゃなくて、苗字《みょうじ》の「鶫《つぐみ》」で呼《よ》んでいる。

それにしてもクロードたち、ここでなにをやってるのよ!?

「ビーハイブのひとり娘《むすめ》を誘拐《ゆうかい》するとは、たいした度胸《どきょう》だな。集英組《しゅうえいぐみ》さんよ！」

と、クロードが不敵《ふてき》な笑《え》みを浮《う》かべた。

でもそれ勘《かん》ちがいだから。誘拐《ゆうかい》じゃないってば。

すると、集英組《しゅうえいぐみ》の男《おとこ》——きっと若頭《わかがしら》あたりかな——が応戦《おうせん》する。

「なにをわけのわからねえこと言《い》ってやがるんだ。人《ひと》んちの庭《にわ》で、ずいぶんナメた真似《まね》してくれるじゃねぇか」

クロードが、あたしに向《む》かって力強《ちからづよ》く言《い》い放《はな》つ。

「お嬢《じょう》、もう心配《しんぱい》はありません。不肖《ふしょう》クロードめがお迎《むか》えにあがりました」

そしてガンホルダーから銃《じゅう》を抜《ぬ》いた。

えっ？

それを合図《あいず》に、ビーハイブのメンバーたちも一斉《いっせい》に銃《じゅう》をかまえた。

ええっ？

もちろん集英組《しゅうえいぐみ》の面々《めんめん》も日本刀《にほんとう》をかまえる。

えええええっ!?

ちょっと、やめてよ！

一触即発《いっしょくそくはつ》の空気《くうき》が漂《ただよ》う中《なか》、

「**フリーズ！**」

どこからともなく、お父《とう》さまの怒鳴《どな》り声《ごえ》が響《ひび》いた。

「クロード、銃《じゅう》をさげなさい」

お屋敷《やしき》の広《ひろ》い縁側《えんがわ》に、お父《とう》さまがゆっくりと歩《あゆ》みでてくる。

「ボ、ボス⁉」

とつぜんあらわれたボスに、クロードはびっくり顔《がお》。

組長《くみちょう》さんも出《で》てきて、集英組《しゅうえいぐみ》の男《おとこ》たちにすごんでみせた。

「おめえらよく聞《き》け！　うちの楽《らく》と千棘《ちとげ》ちゃんはな――」

ゴクリ。その場《ば》にいるみんなが息《いき》をのむのがわかった。


「――ラッブラブの、恋人同士《こいびとどうし》なんだ！」


一瞬《いっしゅん》の間《ま》。

そのあと、全員《ぜんいん》が「えぇぇぇぇぇっ！」とおどろいて、一斉《いっせい》にあたしたちを見《み》た。

つられてあたしとモヤシも「「えぇぇぇぇぇっ！」」と叫《さけ》ぶ。

どうしよう……。

ここで本当《ほんとう》は恋人同士《こいびとどうし》じゃないなんて言《い》ったら、さっきみたいなにらみあいがはじまっちゃう。

血《ち》で血《ち》を洗《あら》う戦争《せんそう》が……！

困《こま》ってモヤシを見《み》ると、モヤシもあたしのほうをじっと見《み》つめている。

きっと同《おな》じことを考《かんが》えているんだわ。

あたしは意《い》を決《けっ》して、ぐっとモヤシに近《ちか》づいてほほえんだ。

「そ、そうなの！　ね、ダーリン♡」

モヤシもあわてて作《つく》り笑《わら》いをする。

「そうだね、ハニー♡」

これで騙《だま》されてくれればいいんだけど……。

おそるおそる様子《ようす》をうかがっていると、とつぜん、みんなから「うおぉぉぉぉっ！」

と歓声《かんせい》がわきあがった。

「坊《ぼっ》ちゃんについに彼女《かのじょ》が！」

「お嬢《じょう》もそんなお年頃《としごろ》に……」

みんな、さっきまで持《も》っていた武器《ぶき》をぜんぶ地面《じめん》に投《な》げすてて、涙《なみだ》ぐんでいる。

「わかったか、おめえら！　ふたりが恋人同士《こいびとどうし》でいる間《あいだ》は、抗争《こうそう》は禁止《きんし》だ。いいな！」

組長《くみちょう》さんがドスの利《き》いた声《こえ》でそう言《い》うと、集英組《しゅうえいぐみ》もビーハイブも、全員《ぜんいん》がこぶしを空《そら》につきあげた。


「「「「オオオオオッ！　ばんざーい！　ばんざーい！」」」」


ただ、クロードはまだ疑《うたが》っているみたい。

ひとりだけ押《お》しだまって、あたしたちのことをジロリとにらんだ。

楽《らく》

あのとんでもねー一日《いちにち》から数日《すうじつ》たった、日曜日《にちようび》の朝《あさ》。

「坊《ぼっ》ちゃーん。お客《きゃく》さんですよー」

竜《りゅう》の声《こえ》で目《め》を覚《さ》まし、オレはむくりと起《お》きあがった。まだ八時《じ》じゃないか。休《やす》みの日《ひ》は昼《ひる》まで寝《ね》ていたいのに、起《お》こさないでくれ。

寝間着《ねまき》にしている浴衣《ゆかた》の胸元《むなもと》ははだけているし、ひどい寝《ね》ぐせだったが、気《き》にせずそのまま、廊下《ろうか》を歩《ある》いていく。

「だれだよ、日曜《にちよう》のこんな朝早《あさはや》くに……」

玄関《げんかん》にいたのは、かわいらしい私服《しふく》を着《き》た金髪《きんぱつ》ゴリ……いや桐崎千棘《きりさきちとげ》。

桐崎《きりさき》は引《ひ》きつった笑《え》みを浮《う》かべ、立《た》っていた。

「お、おはよう、ダーリン。今日《きょう》ヒマ？　デート行《い》かない？」

「は？　なんでせっかくの休《やす》みをおまえなんかと――」

と言《い》いかけたところで、腹《はら》にパンチをお見舞《みま》いされた。

「んぐぅ……」

うずくまったオレに、桐崎《きりさき》が耳打《みみう》ちする。

「恋人同士《こいびとどうし》なら休日《きゅうじつ》はデートしますよねって、クロードが」

ハッとして顔《かお》をあげると、屋敷《やしき》の門《もん》の陰《かげ》に、ピンクスーツのクロードってヤツと、鶫《つぐみ》ってヤツが立《た》っているのが見《み》えた。

あのふたり、オレたちのことを疑《うたが》っているのか。

なるほど。ニセのデートをするしかないってわけだな。

「お、オレもちょうどデートに誘《さそ》おうとしてたんだよ、ハニー」

腹《はら》をくって、オレはコイツと出《で》かけることにした。


が、しかしだ。

着《き》がえて街《まち》へ出《で》てみたものの、なーんにもやることが思《おも》いつかない。しかたがないから、ふたりで並《なら》んであてもなく歩《ある》く。

「テキトーに時間《じかん》つぶして帰《かえ》るぞ」

「わかってるわよ……」

とつぜん桐崎《きりさき》がギクッと立《た》ちどまる。

その視線《しせん》を追《お》うと、歩道《ほどう》を掃除《そうじ》しているいかつい男《おとこ》たちが、こっちをチラチラ見《み》ていた。

ビーハイブのメンバーだ。それだけじゃない。あっちの植《う》えこみの陰《かげ》には集英組《しゅうえいぐみ》のやつらがかくれている。

よく見《み》れば、不自然《ふしぜん》にぽつんとやきそばの屋台《やたい》が出《で》ていて、焼《や》いている男《おとこ》は竜《りゅう》だった。

大《おお》きな「不審者注意《ふしんしゃちゅうい》」の看板《かんばん》のうしろにかくれてこっちを見《み》ているのは、ピンクスーツのクロードだ。

おまえが一番《いちばん》、不審者《ふしんしゃ》だっつーの。

オレと桐崎《きりさき》は、絶望的《ぜつぼうてき》な気持《きも》ちで顔《かお》を見《み》あわせた。

「やっぱりデートするしかねーのか」

「まったくもう、なんでこんなことに。あんた、男《おとこ》なんだからエスコートしなさいよ！」

「んなこと急《きゅう》に言《い》われたって……」

そのとき、オレはいいことを思《おも》いついた。

デートの相手《あいて》を、桐崎《きりさき》じゃなくて小野寺《おのでら》だと思《おも》えばいいんだ！

思《おも》いついたら即実行《そくじっこう》。

オレはスマホを取《と》りだし、前《まえ》から気《き》になっていたカフェをチェックしてみる。

「オレの妄想《もうそう》がこんなときに役立《やくだ》つとはなぁ」

どれどれ。パンケーキがおいしいと評判《ひょうばん》、か。よし、ここに行《い》こう！

テーブルの向《む》かいに座《すわ》ってパンケーキを食《た》べている、小野寺《おのでら》。

「一条《いちじょう》くん、あーん♡」

小野寺《おのでら》がはにかみながら、オレにパンケーキを食《た》べさせてくれる。

「あ―――ん♡」

思《おも》わずオレはデレ～ッとほほをゆるませ、あーんと口《くち》を開《あ》けた。


「なにニタニタしてんのよ。あげないからねっ」

桐崎《きりさき》のさめた声《こえ》で、オレはハッと我《われ》にかえった。

当《あ》たり前《まえ》だが、小野寺《おのでら》はいない。目《め》の前《まえ》にいるのは、桐崎《きりさき》だ。

いかんいかん、妄想《もうそう》の世界《せかい》に入《はい》りこみすぎて、うっかり口《くち》を開《あ》けていた。

桐崎《きりさき》は「マズっ」だとか「少《すく》なっ」だとか文句《もんく》を言《い》いながら、パンケーキをむしゃむしゃほおばっていた。文句《もんく》を言《い》うわりには、しっかり食《く》うんだな。

「おまえなぁ、もうちょっと女子《じょし》らしく……」

「は？　あんたこそ店《みせ》のチョイス、イマイチなんじゃない？」

「なっ、この店《みせ》はな、オレが必死《ひっし》にリサーチしてようやく……」

うんざりしたように窓《まど》の外《そと》へ目《め》を向《む》けた桐崎《きりさき》が、とつぜん、真顔《まがお》になった。

目《め》をやったオレは、思《おも》わず「ひいいっ！」と声《こえ》をあげる。

窓《まど》の外《そと》に、カエルのようにベタッと貼《は》りついている人影《ひとかげ》がふたつ。

クロードと、鶫《つぐみ》だ。

くそっ……なんてしつこいやつらなんだ。

もしあいつらに、オレたちの関係《かんけい》がニセコイだとバレたら、ドンパチがはじまっちまう。

血《ち》で血《ち》を洗《あら》う戦争《せんそう》が……。

「ダ、ダーリン。はい、あーん♡」

桐崎《きりさき》が、あわててパンケーキを刺《さ》したフォークをオレに向《む》ける。

「お、おいしいよ。ハニー♡」

パクッとそれを食《た》べて、オレたちはニコニコーッと作《つく》り笑《わら》いをした。

つぎは映画《えいが》だ。デートらしく見《み》せるなら、映画《えいが》がぴったりだろ？

映画館《えいがかん》に着《つ》いたオレたちは、どの映画《えいが》を観《み》るかお互《たが》いに指《ゆび》をさして決《き》めることにした。

「せーの」

オレが指《ゆび》さしたのは、めちゃくちゃ泣《な》けると評判《ひょうばん》の猫映画《ねこえいが》『ニャック』。

「こういうの観《み》て、いたわりの気持《きも》ちを学《まな》べ」

桐崎《きりさき》が選《えら》んだのは、マッチョなヒーローが銃撃戦《じゅうげきせん》をくりひろげる大《だい》ヒットアクション映《えい》画《が》『デストロイヤー』。

「あんたこそ、強《つよ》い男《おとこ》を見習《みなら》いなさいよ」

「オレら、ただでさえ血《ち》なまぐさいトコで生《い》きてるんだぞ？　今日《きょう》くらい猫《ねこ》の映画《えいが》で癒《い》やされようよ」

「だからあんた弱々《よわよわ》しいのよ。なんでアクションのよさがわからないかなぁ……」

と、そのとき、とつぜんロビーの端《はじ》っこでなにかがはじけるような音《おと》がした。

びっくりしてふりかえると、ポップコーン売《う》りに変装《へんそう》したクロードと鶫《つぐみ》が、こっちをじっと見《み》ていて――。

マジかよ！　あいつら、どこにでも出没《しゅつぼつ》しやがる！

オレと桐崎《きりさき》は、猫映画《ねこえいが》もアクション映画《えいが》もやめて、ふたりとも特《とく》に興味《きょうみ》がなかった恋愛《れんあい》映画《えいが》を観《み》ることにした。

これならデートっぽく見《み》えるにちがいない。

まあ、桐崎《きりさき》は映画《えいが》がはじまったとたんに、クカーッと爆睡《ばくすい》しだしたけどな……。

ひとりでだまってスクリーンを観《み》ていると、ななめうしろの席《せき》の男《おとこ》につっつかれた。

「お嬢《じょう》を退屈《たいくつ》させるな」

ひいっ⁉

よく見《み》りゃ千棘《ちとげ》のうしろあたりのシートに座《すわ》っているのは、全員《ぜんいん》ビーハイブのメンバーじゃねーか！

オレがうろたえていると、こんどは真《ま》うしろからポンポンと肩《かた》をたたかれた。

竜《りゅう》!? なんで竜《りゅう》がいるんだよ！ というか、オレの背後《はいご》あたりのシートにいるのは全員《ぜんいん》、集英組《しゅうえいぐみ》のやつらじゃねーか！

「坊《ぼっ》ちゃん、坊《ぼっ》ちゃん……あれですよ、あれ」

竜《りゅう》が指《ゆび》さしたスクリーンで、主人公《しゅじんこう》の男女《だんじょ》が仲《なか》よく手《て》をつないでいた。

もしかして、あれを真似《まね》しろっていうのか!?

「いやいやいやいや……」

うしろの席《せき》の男《おとこ》たちが、オレをじっと見《み》つめる。

視線《しせん》が痛《いた》い。これは手《て》をつながないとダメな空気《くうき》だ。

オレは勇気《ゆうき》を出《だ》して、眠《ねむ》っている桐崎《きりさき》の手《て》に向《む》かって、そ――――っと手《て》を伸《の》ばす。

すると、寝《ね》ぼけた桐崎《きりさき》が、バシッとオレの手《て》をふりはらった。

手《て》つなぎ、失敗《しっぱい》。

「坊《ぼっ》ちゃん、坊《ぼっ》ちゃん！」

また竜《りゅう》がスクリーンを指《ゆび》さす。こんどは主人公《しゅじんこう》の男女《だんじょ》がキスをしていた。

はぁ!? できるわけねーだろ！

「ムリムリムリムリ！」

と首《くび》をプルプルふった拍子《ひょうし》に、桐崎《きりさき》の頭《あたま》がオレの肩《かた》にポテッと倒《たお》れかかってきた。

しっかしよく眠《ねむ》ってるな。ガキみたいな顔《かお》して。

いつもキリキリ怒《おこ》っている表情《ひょうじょう》しか見《み》ていないけれど、本当《ほんとう》はこっちが素《す》の桐崎《きりさき》なのかもしれない。

じっと見《み》つめていると、桐崎《きりさき》のまぶたがパチッとひらいた。

起《お》きぬけにオレと目《め》が合《あ》っておどろいたらしい。いきなりにらむと、

「ジロジロ見《み》てんじゃないわよ。このエロモヤシ！」

顔面《がんめん》めがけて、強力《きょうりょく》なグーパンチをくりだしてきやがった。

痛《いっ》てぇ……。

なんでオレがなぐられなくちゃいけねーんだよっ!!

千《ち》棘《とげ》

まったく失礼《しつれい》しちゃうわよ。

エロモヤシ、あたしが寝《ね》ている間《あいだ》にキスでもしようとしてたのかしら！　軽《かる》くグーでなぐっただけなのに大《おお》げさなリアクションするから、みんなに注目《ちゅうもく》されちゃったじゃないの。恥《は》ずかしい。

映画館《えいがかん》から出《で》たあとも、あたしたちは険悪《けんあく》ムードだった。

「サイアク。せっかくの休日《きゅうじつ》が台無《だいな》しだわ！」

「おまえがグースカ寝《ね》てたせいだろ！　オレだってせっかくの休日《きゅうじつ》くらい家《いえ》でゆっくりしてたいわ」

「でてた、このひきこもりヤロー」

「ひきこもってねーよ。この、ゴリラ女《おんな》！」

「モヤシ男《おとこ》！」

口《くち》ゲンカしながら通《とお》りを歩《ある》いていると、どこからともなく妙《みょう》なリズムが聞《き》こえてくる。

ドゥッ・ドゥッ・チッ……ドゥッ・ドゥッ・チッ……。

なにこれ、ボイスパーカッション？

見《み》ると、チャラい雰囲気《ふんいき》の男《おとこ》が三人《にん》、ラップをしながら近《ちか》づいてくる。

「♪　YO《ヨオ》　YO《ヨオ》　ネエちゃんYO《ヨオ》！」

は？

「♪　彼氏《かれし》とケンカ？　オレたちゃナンパ　だったらオレらと遊《あそ》びませんか」

ラップしている男《おとこ》が、あたしの肩《かた》に手《て》を回《まわ》してくる。

ちょっと、気安《きやす》くさわんないでもらえる？

あたしが身《み》をよじると、

「おい、嫌《いや》がってんだろ」

一条《いちじょう》がかばうように、あたしと男《おとこ》の間《あいだ》に入《はい》ってきた。

それを無視《むし》して、男《おとこ》は耳障《みみざわ》りなラップをつづける。

「♪　オレたちゃこのコとお話《はな》し中《ちゅう》！　ハナからおまえなんかアウトオブ眼中《がんちゅう》！」

ラップ男《おとこ》にドスンと胸《むね》を突《つ》かれて、一条《いちじょう》は道路《どうろ》に尻《しり》もちをついた。

アッタマにきたわっ。

あたしは肩《かた》に置《お》かれた男《おとこ》の手《て》を、強《つよ》めにふりはらう。

「♪　なんだよネエちゃん　つめてーじゃん！　カマトトぶろうといきがる尻軽《しりがる》！　お高《たか》くとまってんじゃねえパツキンガール！」

「あんたたち、いい加減《かげん》に……」

あたしが男《おとこ》になぐりかかろうとしたそのとき、

「行《い》くぞ」

一条《いちじょう》があたしの手《て》をつかんで走《はし》りだした。

「えっ……うん」

ラップ男《おとこ》たちの「ヘイ、メーン！」という声《こえ》を背中《せなか》に聞《き》きながら、あたしたちは走《はし》った。

しばらく走《はし》ったところで、息《いき》を切《き》らしながら立《た》ちどまる。

「よけいなことしないでよ！　あたしならあんなやつら秒《びょう》で……」

「ダセーことすんな」

一条《いちじょう》はいつになく真剣《しんけん》な目《め》をして、そう言《い》った。

「なぐる価値《かち》もないヤツをなぐれば、おまえも同《おな》じ土俵《どひょう》の人間《にんげん》だって認《みと》めることになるんだぞ」

言《い》われてみればたしかにそうね。

あんなやつらをなぐったって、ぜんぜん意味《いみ》ない。

一条《いちじょう》の言《い》うことは正《ただ》しすぎて、ちょっとくやしかった。

なんだか気《き》まずい雰囲気《ふんいき》。そこでようやく、あたしたちがまだ手《て》をつないだままだということに気《き》づいて、パッと手《て》を離《はな》す。

「……説教《せっきょう》なんてサイアク……帰《かえ》る」

くるっと踵《きびす》をかえして立《た》ち去《さ》ろうとすると、一条《いちじょう》があたしの手《て》をもう一度《いちど》握《にぎ》ってきた。

ちょっと、なに!?

「い、家《いえ》まで送《おく》るよ、ハニー♡」

一条《いちじょう》はそう言《い》って、目《め》で合図《あいず》を送《おく》ってきた。

まわりをたしかめると、遠《とお》くから音楽《おんがく》が聞《き》こえてきて――ビーハイブと集英組《しゅうえいぐみ》の男《おとこ》たちがパレードをしながらこっちに近《ちか》づいてくる。

いったいいつまであたしたちを監視《かんし》するつもりなの!?

「もう。ダーリンったらやさしいっ♡」

あたしはわざと大《おお》きな声《こえ》でそう言《い》って、一条《いちじょう》の手《て》を握《にぎ》りかえす。

そして小《ちい》さな声《こえ》で言《い》いあった。

「学校《がっこう》じゃ、恋人《こいびと》って設定《せってい》はぜったい秘密《ひみつ》な！」

「あたりまえよ！　あんたと恋人《こいびと》なんて生《い》き地獄《じごく》よ！」

こんなこと、学校《がっこう》のみんなに知《し》られちゃ生《い》きていけないわ。

それなのに、つぎの日《ひ》に登校《とうこう》すると、教室《きょうしつ》はとんでもないことになっていて――。

4 初《はじ》めてのトモダチ

楽《らく》

朝《あさ》、オレと桐崎《きりさき》が教室《きょうしつ》に入《はい》っていくと、壁《かべ》が色《いろ》とりどりの紙《かみ》で作《つく》ったフラッグやチェーンでかざられていた。

なんだ、これ？

よく見《み》れば、黒板《こくばん》にはカラフルなチョークで「らく♡ちとげ」と大《おお》きく書《か》いてある。

オレたちがあっけにとられて黒板《こくばん》を見《み》ていたら、頭《あたま》の上《うえ》にしかけてあったくす玉《だま》が割《わ》れて、「最強《さいきょう》カップル誕生《たんじょう》！」という垂《た》れ幕《まく》が落《お》ちてきた。

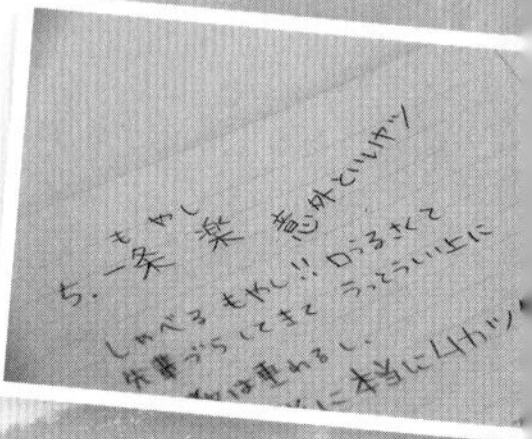

そして、パンパンパンパンと鳴《な》り響《ひび》くクラッカーと、みんなの歓声《かんせい》。

「おめでと————っ！」

目《め》を丸《まる》くしていると、集《しゅう》がすっと近《ちか》づいてくる。

「デートの目撃情報《もくげきじょうほう》が多数《たすう》寄《よ》せられております」

ああ、なるほどね。昨日《きのう》のデートのことか……とか納得《なっとく》してる場合《ばあい》じゃねえ。小野寺《おのでら》が
こっちを見《み》てるじゃねーか！

「ち、ちがうんだ！　これは……」

小野寺《おのでら》には誤解《ごかい》されたくないんだ。

すると、桐崎《きりさき》がオレをつっつき、目《め》くばせをしながらわざとらしく言《い》う。

「ダ、ダーリン？　あたしたちラブラブよね♡」

窓《まど》の外《そと》を見《み》た。電柱《でんちゅう》のそばにいる作業員《さぎょういん》が、双眼鏡《そうがんきょう》でこっちをのぞいている。あれは、
変装《へんそう》したクロード。

うおぉぉ。どうしたらいいんだ。小野寺《おのでら》が見《み》ている。クロードも見《み》ている。小野寺《おのでら》。ク
ロード。おの、クロ、おの、クロ……。

オレは覚悟《かくご》を決《き》めて言《い》った。

「……ラブラブなわけねーだろ」

桐崎《きりさき》が「ちょっと！」と不安《ふあん》そうな視線《しせん》を送《おく》ってくる。

待《ま》て、オレにまかせろ。ただのラブラブを否定《ひてい》してからの――、

「超《ちょう》ラブラブだっっつ～の～～～！♡」

クラスのみんながわーっと盛《も》りあがって「結婚《けっこん》おめでとう」「末永《すえなが》くお幸《しあわ》せにね」と拍《はく》手《しゅ》をする。これでクロードの目《め》もごまかせるはずだ！

が、小野寺《おのでら》の目《め》までもごまかしてしまった。小野寺《おのでら》がにっこり笑《わら》う。

「お似合《にあ》いだね、おめでとう」

ああああああ……ぜんぜんめでたくねぇ。

「あ……ありがど……」

半泣《はんな》き状態《じょうたい》でそれだけ言《い》うと、いたたまれなくなったオレたちは、いったん教室《きょうしつ》を出《で》て、屋上《おくじょう》へ逃《に》げた。

ふたりしてコンクリートの上《うえ》に、大《だい》の字《じ》で寝転《ねころ》がる。オレは叫《さけ》んだ。

「神《かみ》よ！　なんという試練《しれん》を――っ！」

「泣《な》きたいのはこっち！　どうしてくれんのよ！」

そこでとつぜんあることを思《おも》いついて、ガバッと起《お》きあがる。

「だれかひとりくらいには、ホントのこと言《い》わねえ？」

「え？」

桐崎《きりさき》も起《お》きあがる。

「バレそうなときにフォローしてもらえるっていうか……おまえも信頼《しんらい》できる友《とも》だちに話《はな》しとけば、いろいろと安心《あんしん》だろ？」

たとえば、集《しゅう》だけでも知《し》っていてくれたら、ずいぶんラクになると思《おも》うんだ。

桐崎《きりさき》は、なんだか怒《おこ》ったような顔《かお》をして言《い》った。

「……そうしたきゃ、勝手《かって》にすれば」

そしてオレを残《のこ》し、早足《はやあし》で屋上《おくじょう》から去《さ》ってしまった。

千棘《ちとげ》

信頼《しんらい》できる友《とも》だちに話《はな》せ、だなんて。ずいぶんかんたんに言《い》ってくれるじゃない。

あたしにそんな友《とも》だちがいるとでも思《おも》ってるの？


たとえば。

お昼休《ひるやす》みになると、白《しろ》いコックコートを着《き》たクロードと、メイド姿《すがた》の鶫《つぐみ》が、わざわざ教室《きょうしつ》にやってくる。

来《こ》ないでって言《い》ってるのに、勝手《かって》に入《はい》ってきて、机《つくえ》の上《うえ》に高級料理《こうきゅうりょうり》のフルコースを用意《ようい》する。

過保護《かほご》すぎるのよ。

あたし、ふつうのお弁当《べんとう》が食《た》べたいの。ふつうに友《とも》だちを作《つく》って、ふつうに高校生《こうこうせい》の生《せい》活《かつ》がしたいのに。

体育《たいいく》の授業《じゅぎょう》だってそう。

たとえばバレーボール。

相手《あいて》チームの強烈《きょうれつ》なアタックが飛《と》んできて、あたしはレシーブのかまえをする。

スポーツは得意《とくい》だし、このくらいのアタックなら楽勝《らくしょう》よ……って思《おも》った矢先《やさき》にとつぜん、みつあみとジャージ姿《すがた》で女装《じょそう》したクロードが割《わ》りこんできて、回転《かいてん》レシーブでボールをかえしてしまう。

「ナ、ナイスレシーブ……？」

ほかの子《こ》たちはドン引《び》き。どうしてこう、よけいなことをするのかな……。


こんなこともあった。

廊下《ろうか》を歩《ある》いていたら、クラスメイトのゴリ沢《さわ》くんに名前《なまえ》を呼《よ》ばれた。

話《はなし》を聞《き》こうとして立《た》ちどまると、用務員《ようむいん》に変装《へんそう》したクロードが近《ちか》づいてきて、ゴリ沢《さわ》くんの首元《くびもと》をグイッとつかむ。

「お嬢《じょう》はわれわれビーハイブの宝《たから》だ。おまえにはそれを背負《せお》う覚悟《かくご》があるんだな？」

「た、ただの部活《ぶかつ》の勧誘《かんゆう》です！　もうしません！」

因縁《いんねん》をつけられたゴリ沢《さわ》くんは、転《ころ》がるように逃《に》げていった。

あたしが立《た》ちつくしていると、廊下《ろうか》を歩《ある》いていた女子《じょし》たちの会話《かいわ》が耳《みみ》に飛《と》びこんでくる。

「住《す》む世界《せかい》がちがうよね」

「桐崎《きりさき》さんは特別《とくべつ》なおウチの子《こ》だから」

また言《い》われちゃった。

あたしだって、好《す》きでこんなボディガードをしたがえているわけじゃないのに……。

楽《らく》

廊下《ろうか》を歩《ある》いていたら、用務員姿《ようむいんすがた》のクロードがゴリ沢《さわ》を締《し》めあげている現場《げんば》にでくわした。

そばには桐崎《きりさき》もいる。

あいつら、なにやってんだ？

ゴリ沢《さわ》が逃《に》げていくと、通《とお》りかかった女子《じょし》ふたりがなにやら話《はな》しはじめた。

オレには、その女子《じょし》がポロッとこぼした言葉《ことば》が聞《き》こえたんだ。

「桐崎《きりさき》さんは特別《とくべつ》なおウチの子《こ》だから」

桐崎《きりさき》にも聞《き》こえていたらしい。青《あお》ざめた顔《かお》をして、早足《はやあし》でどこかへ歩《ある》いていった。

その気持《きも》ちはわかるよ。

オレも、小学生《しょうがくせい》の頃《ころ》から同《おな》じことを言《い》われてきたからな。

朝《あさ》、ランドセルを背負《せお》って門《もん》を出《で》る。すると、道《みち》まで組員《くみいん》がズラリと並《なら》び、花道《はなみち》ができている。その間《あいだ》を歩《ある》いて通《とお》る。

「お気《き》をつけてーっ、いってらっしゃいませーっ、二代目《だいめ》っ！」

オレはそれが嫌《いや》だった。通学途中《つうがくとちゅう》のクラスメイトに見《み》つかると、必《かなら》ず言《い》われるからだ。

「楽《らく》くんは特別《とくべつ》なおウチの子《こ》なんだって」

「こわーい」

教室《きょうしつ》に戻《もど》ると、残《のこ》っているのは桐崎《きりさき》だけだった。

机《つくえ》に向《む》かって真剣《しんけん》になにかをやっていて、オレが入《はい》ってきたことにも気《き》づいていない。

広《ひろ》げたノートになにやら書《か》きこみながら、ぼそぼそつぶやいている。

「……宮本《みやもと》さんは、小野寺《おのでら》さんと仲《なか》よしで、読書《どくしょ》が好《す》き」

そーっと近《ちか》づいていってのぞく。

ノートには、メガネをかけたポニーテールの女《おんな》の子《こ》のイラストがかいてあった。

これ、宮本《みやもと》るりの似顔絵《にがおえ》だ。

桐崎《きりさき》は、クラスメイトのことを覚《おぼ》えようとして、こうしてノートに似顔絵《にがおえ》と特徴《とくちょう》を書《か》きこんでいるんだ。

「手伝《てつだ》ってやろうか～？」

わざとからかうように声《こえ》をかけると、桐崎《きりさき》は飛《と》びあがるほどおどろいてノートを隠《かく》した。

「友《とも》だちほしいんだろ～？」

桐崎《きりさき》は顔《かお》を真《ま》っ赤《か》にして、ばつが悪《わる》そうにうつむいた。

「わ……笑《わら》いたきゃ笑《わら》いなさいよ」

笑《わら》うつもりなんてねーよ。

オレはカバンの中《なか》からノートを一冊《いっさつ》取《と》りだして、桐崎《きりさき》の机《つくえ》に置《お》いた。

「へ？」

ぽかんとする桐崎《きりさき》。

「友《とも》だちノート。オレも同《おな》じようなの作《つく》ってたんだよ。一年《ねん》のときだから、クラス全員分《ぜんいんぶん》とはいかないけど」

桐崎《きりさき》はオレの古《ふる》びたノートをじっと見《み》つめている。

「オレもおまえも、ふつうが特別《とくべつ》で、特別《とくべつ》がふつうで。うまく言《い》えねーんだけど……気持《きも》ち、少《すこ》しだけわかる」

「一条《いちじょう》……」

オレのノートを手《て》に取《と》った桐崎《きりさき》は、ちょっと拗《す》ねたような態度《たいど》だ。

「そこまで言《い》うなら、手伝《てつだ》わせてあげてもいいけどお？」

「ほんとかわいくねえな、おまえって」

でも、あんまり素直《すなお》でも逆《ぎゃく》に怖《こわ》いけどな。このくらいでちょうどいいや。

オレは一緒《いっしょ》に机《つくえ》に向《む》かい、クラスメイトひとりひとりのことを教《おし》えることにした。

「じゃあまず、小野寺《おのでら》と宮本《みやもと》」

「うん！」

「ふたりはいいヤツだから、すぐ仲《なか》よくなれると思《おも》う」

「そう？」

桐崎《きりさき》はうれしそうに、オレの話《はなし》に耳《みみ》をかたむけていた。

千《ち》棘《とげ》

一条《いちじょう》にクラスメイトのことを教《おし》えてもらって、あたしのノートはどんどん埋《う》まっていった。

少《すこ》しみんなに近《ちか》づけた気《き》がして、すっごくうれしい。

ところがある日《ひ》。昼休《ひるやす》みに、教室《きょうしつ》に入《はい》ろうとしたときだった。

あたしの机《つくえ》が倒《たお》れていて、男子数人《だんしすうにん》が友《とも》だちノートを回《まわ》し読《よ》みしていたのだ。

「なになに⁉」

「桐崎《きりさき》さんの机《つくえ》を倒《たお》しちゃったら、こんなの出《で》てきてさ」

「うわ、住所《じゅうしょ》まで調《しら》べてある！」

「オレたち、殺《ころ》されんじゃね⁉」

そんなつもりでみんなのことを調《しら》べたわけじゃないのに……。

宮本《みやもと》さんが来《き》て、男子《だんし》からノートを取《と》りあげようとした。

「なに言《い》ってんの？　殺《ころ》されるわけないじゃん。戻《もど》しときなよ」

男子《だんし》と宮本《みやもと》さんの間《あいだ》でノートの引《ひ》っぱり合《あ》いになり、そのうちバサッとそれが落《お》ちる。

扉《とびら》のそばにいたあたしに気《き》づいた男子《だんし》たちが、おびえた顔《かお》をした。

あたしは悲《かな》しい気持《きも》ちで教室《きょうしつ》に入《はい》っていき、かがんでノートを拾《ひろ》おうとした。

そこへ、すっとべつの子《こ》の手《て》が伸《の》びてきた。

小野寺《おのでら》さんだった。

かわりにノートを拾《ひろ》いあげてくれた小野寺《おのでら》さんは、ひらいていたページをじっと読《よ》んだあとで、やわらかな表情《ひょうじょう》であたしを見《み》あげた。

「友《とも》だちになろうとしてくれてるんだよね？」

「えっ……？」

どうしてわかったんだろう。

「だって、誕生日《たんじょうび》とか、好《す》きなものも調《しら》べて書《か》いてくれてるから。ウチは和菓子屋《わがしや》だけど、洋菓子《ようがし》のほうが好《す》きなんだ」

小野寺《おのでら》さんは自分《じぶん》の席《せき》に座《すわ》ると、ペンを取《と》りだしてノートに「ショートケーキが好《す》き」と書《か》きこんだ。

すると、宮本《みやもと》さんも来《き》て、「英文学《えいぶんがく》が好《す》き」と書《か》きこんでくれる。

「わたしは読書《どくしょ》好《ず》きだけど、中《なか》でも英文学《えいぶんがく》」

それをきっかけに、ほかのクラスメイトたちも、あたしのノートにそれぞれ自分《じぶん》の特徴《とくちょう》を書《か》きはじめた。「誤解《ごかい》してごめんね」と言《い》いながら。

あたしは、おそるおそる小野寺《おのでら》さんと宮本《みやもと》さんにきいてみた。

「……友《とも》だちになってくれる？」

ふたりはにっこり笑《わら》って答《こた》えてくれた。

「もちろん」

その日《ひ》、家《いえ》へ帰《かえ》ったあたしは、ウキウキしながらノートを広《ひろ》げた。

明日《あした》から、宮本《みやもと》さんのことを「るりちゃん」、小野寺《おのでら》さんのことは「小咲《こさき》ちゃん」って呼《よ》ぶんだ。

「小咲《こさき》ちゃんは『とっても優《やさ》しい子《こ》』……」

小咲《こさき》ちゃんの欄《らん》に「とっても優《やさ》しい子《こ》」とつけたす。

それから……モヤシ。クラスの子《こ》のこと、いろいろ教《おし》えてくれたしね。

「ま、ついでだし」

あたしは一条《いちじょう》の欄《らん》に、「**意外《いがい》といいヤツ**」とつけたした。

5 転《てん》校《こう》生《せい》はライバル

楽《らく》

ノート事件《じけん》のあった日《ひ》から、桐崎《きりさき》は小野寺《おのでら》たちと仲《なか》よくなったみたいだ。
楽《たの》しそうにおしゃべりをしている様子《ようす》を、よく見《み》かける。
その日《ひ》も、朝《あさ》のホームルームがはじまるまで、三人《にん》はキャッキャと話《はな》していた。
教子先生《きょうこせんせい》が教室《きょうしつ》に入《はい》ってきて、みんなはあわてて席《せき》につく。
「はーい、転校生《てんこうせい》を紹介《しょうかい》するぞー」
なにっ、また転校生《てんこうせい》？

みんなも同《おな》じことを思《おも》ったようで「また？」「多《おお》くね？」という声《こえ》があちこちから聞《き》こえてきた。

うしろの席《せき》の集《しゅう》は、またしても興奮《こうふん》してオレの背中《せなか》をつっつく。

「季節《きせつ》はずれの転校生《てんこうせい》、今度《こんど》こそオレにも恋《こい》の予感《よかん》が……！」

このあいだと同《おな》じこと言《い》ってるよ。

ほんと、こりないヤツだな。

教室《きょうしつ》の扉《とびら》から、髪《かみ》の長《なが》い女子《じょし》がおしとやかに入《はい》ってきた。

「橘万里花《たちばなまりか》と申《もう》します。どうぞよろしく」

お上品《じょうひん》だし、なかなかの美人《びじん》。

まあ、オレ的《てき》には、小野寺《おのでら》のほうがかわいいけどな。

妙《みょう》なのは、背《せ》の高《たか》い黒《くろ》スーツ姿《すがた》の女《おんな》も一緒《いっしょ》に入《はい》ってきたことだ。

教子先生《きょうこせんせい》は、橘《たちばな》のとなりで無表情《むひょうじょう》のまま立《た》っている背《せ》の高《たか》い女《おんな》を見《み》て、とまどっている。

気《き》づいた女《おんな》は姿勢《しせい》を正《ただ》すと、

「警視庁《けいしちょう》の本田《ほんだ》です」

ビシッと自己紹介《じこしょうかい》をした。橘《たちばな》がウフフフと笑《わら》う。

「本田《ほんだ》はボディガードです。わたくしの父《ちち》は警視総監《けいしそうかん》ですの」

警視総監《けいしそうかん》って！

オレらみたいなヤクザやギャング稼業《かぎょう》とは真逆《まぎゃく》の仕事《しごと》じゃねーか……めんどうなことにならなきゃいいんだけど……。

黒板《こくばん》の前《まえ》に立《た》つ橘《たちばな》は、キョロキョロと教室《きょうしつ》じゅうを見《み》まわしている。

ふいに目《め》が合《あ》った。なんだかイヤな予感《よかん》がするぜ……。

「やっと……やっと見《み》つけましたわ」

橘《たちばな》はそうつぶやくと、オレに向《む》かって走《はし》ってくる。

は？　オレ、なにかしたっけ？


「楽《らく》さま！　わたくしと結婚《けっこん》してください！」

思《おも》いっきり抱《だ》きつかれ、オレはイスから転《ころ》げ落《お》ちそうになった。

橘《たちばな》は、ものすごい早口《はやくち》でまくしたてる。

「父《ちち》の力《ちから》を頼《たよ》らず、下《した》のお名前《なまえ》だけを手《て》がかりに、日本全国津々浦々《にほんぜんこくつつうらうら》をさがしてまいりましたの」

いやいやいや、まったく意味《いみ》がわからねぇ！

「どど、どちらさま？」

パニック状態《じょうたい》のオレは、そう返事《へんじ》をするのが精一杯《せいいっぱい》だった。

「まさかお忘《わす》れですの？　十一年《ねん》と百七十二日前《にちまえ》、病弱《びょうじゃく》でふさぎこんでいたわたくしに、楽《らく》さまがやさしく絵本《えほん》を読《よ》んでくださったあの日《ひ》のことを……」

橘《たちばな》の首元《くびもと》に、ペンダントのチェーンが見《み》えた。

「まさか……」

まさか、十二年前《ねんまえ》に高原《こうげん》で出会《であ》った女《おんな》の子《こ》は、橘《たちばな》なのか!?

オレが橘《たちばな》に抱《だ》きしめられたままでいると、ガタッとイスを鳴《な》らして、桐崎《きりさき》が立《た》ちあがる。

「いいい一条《いちじょう》はあたしと付《つ》き合《あ》ってるのっ！」

きっとあいつらを見《み》つけたんだろう。

案《あん》の定《じょう》、廊下《ろうか》を見《み》ると、チアガールに変装《へんそう》した鶫《つぐみ》が、オレたちをチラチラ監視《かんし》していた。

橘《たちばな》はオレの体《からだ》を放《はな》すと、桐崎《きりさき》に向《む》かってウフフと笑《わら》いかける。

「一条《いちじょう》ですって？　苗字《みょうじ》で呼《よ》ぶなんてよそよそしいですわ。おふたりは本当《ほんとう》に恋人同士《こいびとどうし》なんですの？」

うっ、痛《いた》いトコロを突《つ》いてきやがったな。

「楽《らく》さま？　もしかして、わたくしにヤキモチを焼《や》かせようと？」

「はいぃ？」

おいおい、どうしてオレが橘《たちばな》のことを好《す》きだっていう前提《ぜんてい》で、話《はなし》が進《すす》んでるんだよ!?

「だって、こんな野蛮《やばん》そうな子《こ》を本気《ほんき》で愛《あい》するわけ、ありませんもの」

桐崎《きりさき》の顔《かお》が引《ひ》きつる。

廊下《ろうか》では、鶫《つぐみ》がオレたちのことをじ――――っとにらんでいた。

ニセコイの関係《かんけい》だということが鶫《つぐみ》にバレたら、血《ち》で血《ち》を洗《あら》う戦争《せんそう》がはじまっちまう。

とりあえずここは、ウソでごまかすしかない。

「ほ、本気《ほんき》で愛《あい》してる！」

それを聞《き》いた橘《たちばな》は、パチッと目《め》を見《み》ひらき、ヨロヨロヨロと大《おお》げさに足《あし》をふらつかせた。

いつの間《ま》にか横《よこ》で待《ま》ちかまえていた黒《くろ》スーツの本田《ほんだ》が、倒《たお》れかけた橘《たちばな》を受《う》けとめる。

橘《たちばな》は体勢《たいせい》を立《た》てなおすと、ボソッとつぶやいた。

「……一番《いちばん》好《す》いとっちゃけ……」

ちゃけ？


「うちが一番《いちばん》、楽《らく》さまのこと好《す》いとっちゃけ!!　だれにもわたさ────ん!!」


橘《たちばな》が、威嚇《いかく》するアリクイみたいなポーズで九州弁《きゅうしゅうべん》を叫《さけ》んだもんだから、オレたちはヒィッと身《み》をすくめた。

どさくさまぎれに、うしろから集《しゅう》がどついてくる。

「痛《いっ》てぇ……。おい集《しゅう》、なにすんだ──」

ふりむくと、なんとそこにいたのは、集《しゅう》ではなく、学《がく》ランを着《き》たクロードだった。

「なんで!?」

「屋上《おくじょう》に来《こ》い」

クロードが冷《つめ》たく言《い》い放《はな》ったつぎの瞬間《しゅんかん》、教室《きょうしつ》のすみにある掃除用具入《そうじようぐい》れがガタッとひらき、中《なか》から体《からだ》を縛《しば》られた集《しゅう》が転《ころ》がりでてきた。集《しゅう》はシャツとトランクス姿《すがた》……ってことは、クロードが着《き》ているのは集《しゅう》の学《がく》ランか。

っていうか、いつの間《ま》にそんなことを⁉

こんな危《あぶ》ないヤツに抵抗《ていこう》したら、命《いのち》がいくつあっても足《た》りねーよ。

オレはおとなしく屋上《おくじょう》に連《つ》れていかれることにしたんだが——。


屋上《おくじょう》に出《で》ると、強《つよ》い風《かぜ》がサーッとオレたちをなぶった。

まるで決闘場《けっとうじょう》みたいだ。

クロードが詰《つ》めよってくる。

「どういうつもりだ。お嬢《じょう》というものがありながら！」

「だから、オレだってておどろいてんだよ」

そう言《い》ったとたんに、いきなりむなぐらをつかまれ、フェンスに押《お》しつけられた。

「今《いま》までずっと見《み》てきたが、私《わたし》にはきさまとお嬢《じょう》が本物《ほんもの》の恋人同士《こいびとどうし》だとは思《おも》えん」

「ほ、本当《ほんとう》に付《つ》き合《あ》ってるって！」

ほかになんて言《い》えばいいんだ。

オレはビクビクしながら、クロードの手《て》が離《はな》れるのを待《ま》った。

「お嬢《じょう》を愛《あい》するということがどういうことか、わかっているのか？　お嬢《じょう》はわれわれビーハイブの宝《たから》だ。おまえにはそれを背負《せお》う覚悟《かくご》があるんだな？」

背負《せお》う覚悟《かくご》？　いつもそればっかりだ。家《いえ》だとか組《くみ》だとか体裁《ていさい》だとか。

だいたい人《ひと》を好《す》きになるって、そういうことか？

オレにはそう思《おも》えないんだ。

「……それ、関係《かんけい》ねーだろ」

クロードがオレを見《み》すえた。怖《こわ》っ。

でも勇気《ゆうき》をふりしぼって、言《い》ってやる。

「ビーハイブとか集英組《しゅうえいぐみ》とか、関係《かんけい》ねえ！　オレは、ただの桐崎千棘《きりさきちとげ》が好《す》きなんだよ！」

「おまえがそこまで言《い》うのなら――」

オレのむなぐらをつかんでいたクロードの手《て》が離《はな》れた。

「――私《わたし》を倒《たお》して、その愛情《あいじょう》を証明《しょうめい》してみせろ！」

クロードは、ピンク色《いろ》のジャケットの内側《うちがわ》から銃《じゅう》を取《と》りだし、オレに銃口《じゅうこう》を向《む》ける。

えっ、銃《じゅう》!?

ムリムリムリムリ、ケンカは嫌《きら》いだし！

だいたいオレ、武器《ぶき》なんて持《も》ってねーし！

ここは逃《に》げるしかねぇ……。

オレはコンクリートの床《ゆか》を思《おも》いきり蹴《け》って、わき目《め》もふらずに駆《か》けだした。

「逃《に》げるな！」

「逃《に》げるに決《き》まってんだろ！」

校舎《こうしゃ》に飛《と》びこんで廊下《ろうか》を走《はし》ると、クロードが追《お》いかけてくる。

「それでも男《おとこ》か！　お嬢《じょう》を守《まも》れるのか！」

パン、パン、と発砲音《はっぽうおん》。

マジか⁉　こんなところで銃《じゅう》を使《つか》うなんて、めちゃくちゃだ！

「おい、ここ学校《がっこう》だぞ！」

「おまえの愛《あい》はニセモノなのか！」

またそれ？　しつこい！　もうカンベンして！

階段《かいだん》を駆《か》けおりていたとき、足《あし》がなにかに引《ひ》っかかり、オレは前《まえ》につんのめった。

すみにかくれていた鶫《つぐみ》が、足元《あしもと》にロープを張《は》っていたのだ。

「おわっ！」

転《ころ》びそうになったオレは、その勢《いきお》いで踊《おど》り場《ば》の窓《まど》から外《そと》へ飛《と》びだしてしまった。

ウソだろ⁉　ここ何階《なんかい》だ⁉

飛《と》んだ拍子《ひょうし》に首《くび》から外《はず》れそうになったペンダントを、とっさに握《にぎ》りしめる。

「待《ま》て！」

追《お》ってきたクロードも窓《まど》から飛《と》んできた。

ドボン！

盛大《せいだい》に水《みず》しぶきがあがる。衝撃《しょうげき》で頭《あたま》がクラクラした。

ラッキーなことに、飛《と》びだした下《した》にあったのはプール。オレとクロードは、水《みず》の中《なか》へダイブしたのだった。

「立《た》ち向《む》かう勇気《ゆうき》のないおまえを、私《わたし》はお嬢《じょう》の恋人《こいびと》とは認《みと》めない。軟弱者《なんじゃくもの》め！」

クロードの声《こえ》を聞《き》いているうちに、オレの意識《いしき》はだんだんと遠《とお》のいていき――。

千棘《ちとげ》

どうしよう。

一条《いちじょう》が屋上《おくじょう》に連《つ》れていかれちゃった……。

クロードのことだから、なにをするかわからない。心配《しんぱい》で、あたしも様子《ようす》を見《み》にいくことにした。

屋上《おくじょう》のドアを開《あ》けると、クロードの冷《つめ》たい声《こえ》が聞《き》こえてきた。

「お嬢《じょう》を愛《あい》するということがどういうことか、わかっているのか？　お嬢《じょう》はわれわれビーハイブの宝《たから》だ。おまえにはそれを背負《せお》う覚悟《かくご》があるんだな？」

その言葉《ことば》を耳《みみ》にして、あたしはすごく悲《かな》しくなった。

これから先《さき》も、あたしと付《つ》き合《あ》う人《ひと》は、ずっとずっとその質問《しつもん》をされつづける。

中《なか》には、ビーハイブを手《て》に入《い》れることが目的《もくてき》で、あたしに近《ちか》づいてくる人《ひと》がいるかもしれない。

あたしだってふつうの恋《こい》がしたいのよ。こんなニセコイじゃなくてね。

むなしくなって立《た》ち去《さ》ろうとしたそのとき、一条《いちじょう》のふりしぼるような声《こえ》が響《ひび》く。

「……それ、関係《かんけい》ねーだろ。ビーハイブとか集英組《しゅうえいぐみ》とか、関係《かんけい》ねえ！　オレは、ただの桐《きり》崎千棘《さきちとげ》が好《す》きなんだよ！」

あたしは足《あし》を止《と》めた。雷《かみなり》に打《う》たれたような衝撃《しょうげき》だった。

こんなことを言《い》われたのは初《はじ》めてだったから。

ウソだってわかっていても、うれしかった。

一条《いちじょう》が屋上《おくじょう》から逃《に》げだすとクロードも追《お》っていき、ふたりそろってプールの中《なか》にダイブした。

それを見《み》ていたあたしはあわててプールへ走《はし》り、気《き》を失《うしな》った一条《いちじょう》を助《たす》けだした。

クロードのことは、思《おも》いっきりにらみつけてやったわ。


「……あ」

保健室《ほけんしつ》のベッドで目《め》を覚《さ》ました一条《いちじょう》は、そばにいたあたしを見《み》てびっくりした顔《かお》をする。

ふたりとも制服《せいふく》はびしょ濡《ぬ》れになってしまったから、今《いま》は体育着《たいいくぎ》だ。

「ほっとくのも変《へん》でしょ？　いちおう彼女《かのじょ》でとおってるんだし……」

ここまで連《つ》れてきてやったんだから、感謝《かんしゃ》しなさいよね。

一条《いちじょう》はクスッと笑《わら》って、体《からだ》を起《お》こす。

「マジで桐崎《きりさき》と付《つ》き合《あ》うヤツって大変《たいへん》だよな」

「……千棘《ちとげ》でいいよ」

あたしがぼそっとそう言《い》うと、一条《いちじょう》は目《め》を丸《まる》くしてききかえした。

「え？」

「呼《よ》び方《かた》。苗字《みょうじ》で呼《よ》びあうの、あやしまれたでしょ？」

そう、橘《たちばな》さんにあやしまれたから提案《ていあん》してるだけ。べつにあたしがそう呼《よ》んでもらいたいわけじゃないからね。

「じゃあ……千棘《ちとげ》」

一条《いちじょう》が遠慮《えんりょ》がちに言《い》う。

あたしも、これからは一条《いちじょう》じゃなくて「楽《らく》」って呼《よ》ぶことにするわ。お礼《れい》もちゃんと伝《つた》えたい。

でも、いざ口《くち》にしようと思《おも》うと、とたんに胸《むね》がドキドキしてくる。

「……楽《らく》。ありがとね」

「え。なにが？」

「ほら……クロードに」

あたしの耳《みみ》に、屋上《おくじょう》で聞《き》いた言葉《ことば》がよみがえる。

――ビーハイブとか集英組《しゅうえいぐみ》とか、関係《かんけい》ねえ！　オレは、ただの桐崎千棘《きりさきちとげ》が好《す》きなんだよ！


「……ウソでもあんなふうに言《い》ってもらったの、初《はじ》めてだから」

「そりゃ本当《ほんとう》のこと言《い》ったら、戦争《せんそう》になっちまうし」

あたしたちは気恥《きは》ずかしくなって、クスクス笑《わら》った。

ふと、楽《らく》の手《て》にあるペンダントに目《め》が留《と》まる。

「それ、ずっと握《にぎ》りしめてたけど、そんなに大事《だいじ》なの？」

すると楽《らく》は、愛《いと》おしそうにペンダントをながめながら話《はな》しだした。

「子供《こども》の頃《ころ》、旅行先《りょこうさき》で、ある女《おんな》の子《こ》と会《あ》ってさ。結婚《けっこん》の約束《やくそく》をして、鍵《かぎ》のペンダントと分《わ》けあったんだ。顔《かお》も名前《なまえ》も思《おも》いだせねーけど。持《も》ってれば、また会《あ》えるんじゃねーかと思《おも》ってな」

ただのモヤシかと思《おも》ってたけれど、意外《いがい》と情緒《じょうちょ》のあることを言《い》うのね。

「顔《かお》も名前《なまえ》も忘《わす》れるなんて、バッカじゃないの？」

楽《らく》の頭《あたま》をバシッとたたく。

「痛《いて》っ。しかたねーだろ。六歳《さい》のときのことなんだし」

楽《らく》がむきになって怒《おこ》ったから、おかしくて笑《わら》ってしまった。

「でも、そういうロマンチックなの、嫌《きら》いじゃないよ」

こんどは楽《らく》が笑《わら》った。

あたしたち、変《へん》な出会《であ》い方《かた》しちゃったけど、友《とも》だちくらいにはなれそうだよね。

そう思《おも》うと、なんだか楽《たの》しくなってきた。

あたし、日本《にほん》に来《き》てよかったわ。

友《とも》だちといえば——。
「今度《こんど》の日曜《にちよう》、小咲《こさき》ちゃんと期末《きまつ》テストの勉強会《べんきょうかい》するの」

学校帰《がっこうがえ》りにそう言《い》うと、楽《らく》はすぐさま食《く》いついてきた。

「小野寺《おのでら》と!?」

「友《とも》だちノートのお礼《れい》に、楽《らく》も勉強会《べんきょうかい》の仲間《なかま》に入《い》れてあげてもいいけど？」

いちおう、友《とも》だちだしね。

「え、オレも？」

楽《らく》はなぜか落《お》ち着《つ》きを失《うしな》って、そわそわしはじめる。

「なに、嫌《いや》なの？」

「嫌《いや》じゃないけど……」

「けど、なによ」

気《き》まずそうな顔《かお》で、モゴモゴと口《くち》ごもっている。

「なんでもねーよ。でも、よかったな。友《とも》だちができて」

「あとは、このモヤシっ子《こ》と別《わか》れられれば完璧《かんぺき》なのにね」

あたしがふざけると、楽《らく》も応戦《おうせん》してきた。

「同感《どうかん》ですな、ゴリラ姫《ひめ》」

今《いま》はこういう憎《にく》まれ口《ぐち》をたたくのが、前《まえ》よりずっと楽《たの》しい。

勉強会《べんきょうかい》は、楽《らく》の家《いえ》でやると勝手《かって》に決《き》めた。きっと楽《たの》しくなるはずよ。


そして当日《とうじつ》。

あたしにくっついてきたビーハイブの男《おとこ》たちと、門《もん》の前《まえ》で待《ま》ちかまえていた集英組《しゅうえいぐみ》の男《おとこ》たちとで、にらみ合《あ》いがはじまる。

もう、いいかげんにしてほしいわ。

楽《たの》しくなるはずの勉強会《べんきょうかい》が、これじゃ波乱《はらん》の幕開《まくあ》けじゃないの。

そのとき、どこからともなくけたたましいサイレンの音《おと》。

それにつづいて、パトカー数台《すうだい》がやってきて、屋敷《やしき》の前《まえ》で止《と》まった。

まさか、ビーハイブと集英組《しゅうえいぐみ》が抗争寸前《こうそうすんぜん》だっていうことがバレちゃったとか……。大《たい》変《へん》！　みんな逮捕《たいほ》されちゃうかも！

緊張《きんちょう》した空気《くうき》が流《なが》れる中《なか》、パトカーを見《み》つめていると、中《なか》から出《で》てきたのは、橘《たちばな》さん。

「楽《らく》さまーっ！」

「橘《たちばな》!?」

楽《らく》がぎょっとして逃《に》げ腰《ごし》になる。

なんなの？　あたし、橘《たちばな》さんには声《こえ》かけてないんだけど!?

「どうしてあんたが来《く》んのよ！」

あたしがつっかかると、黒《くろ》スーツの本田《ほんだ》さんと警察官《けいさつかん》たちを引《ひ》きつれた橘《たちばな》さんは、オホホ～と挑戦的《ちょうせんてき》に笑《わら》った。

「だって、桐崎《きりさき》さんに遅《おく》れはとれませんもの」

ビーハイブ、集英組《しゅうえいぐみ》、さらに警察《けいさつ》の面々《めんめん》は、お互《たが》いににらみあう。

争《あらそ》いがはじまりそうな雰囲気《ふんいき》の中《なか》、いかつい男《おとこ》たちはいっせいに「勉強会《べんきょうかい》、よろしくお願《ねが》いいたします」と仰々《ぎょうぎょう》しくあいさつ。

みんな、過保護《かほご》でイヤになる。こんなときくらい、放《ほう》っておいてほしいわ。

そこへ、小咲《こさき》ちゃんがやってきた。

「ごめーん、遅《おく》れちゃった」

ああもう、小咲《こさき》ちゃんのふつうさって、すごく癒《い》やされる……。

ともかく、これで全員《ぜんいん》そろったわね。あたし、今《いま》まで友《とも》だちと勉強会《べんきょうかい》なんてやったことがないし、テンションがあがってきた！

というわけで、みんなで教科書《きょうかしょ》とノートを広《ひろ》げて勉強《べんきょう》をはじめたんだけど……一番《いちばん》はじめにあたしが飽《あ》きちゃった。

「あー。もう疲《つか》れた。ちょっと休憩《きゅうけい》しよ」

「おい、まだ一時間《じかん》もやってないぞ」

楽《らく》に叱《しか》られたけれど、無視《むし》して教科書《きょうかしょ》を閉《と》じる。

だって、せっかく集《あつ》まったんだから、恋《こい》バナとかをしたいじゃない？　むしろ、それが目的《もくてき》だよね、こういうのって。

「小咲《こさき》ちゃんって、好《す》きな人《ひと》いないの？」

ニヤニヤしながらあたしがきいたら、「……え？」と小咲《こさき》ちゃんの顔《かお》が真《ま》っ赤《か》になる。

そしてなぜか、楽《らく》まで真《ま》っ赤《か》になっている。

「おい、ハ、ハニー。友《とも》だちの前《まえ》だからって、浮《う》かれすぎだぞ」

「だってずっとしたかったんだもん。友《とも》だちと恋《こい》バナ」

そこへすかさず橘《たちばな》さんが割《わ》りこんできた。

「わたくしは、楽《らく》さまがだ〜い好《す》きっ！」

「あんたにはきいてない」

あたしがきいているのは、小咲《こさき》ちゃんの恋《こい》バナなのっ。

「えっと……わ、わたしは――」

期《き》待《たい》をこめてじっと見《み》つめていると、小咲《こさき》ちゃんは少《すこ》しの間《ま》を置《お》いて答《こた》えた。

「――今《いま》はそういう人《ひと》、いないかな」

そうなのか。つまんないな。

ほら、楽《らく》もつまらなそうな顔《かお》をしている。

「じゃあさ、好《す》きな人《ひと》ができたら教《おし》えてね。ぜったい応《おう》援《えん》する！」

「う……うん。ありがと……」

小咲《こさき》ちゃんは、少《すこ》し困《こま》ったような目《め》をしてほほえんだ。

きっと恥《は》ずかしがり屋《や》なのね。となりにいるだれかさんとちがって！

「あ〜〜〜。なんか暑《あつ》いですわ〜〜〜」

うわ、橘《たちばな》さんってば、楽《らく》の気《き》を引《ひ》こうとして必死《ひっし》ね。わざと首元《くびもと》を見《み》せつけて、女《おんな》の子《こ》アピールをしている。

でも、ちょっと暑《あつ》いのはたしか。扇風機《せんぷうき》くらいはほしいわ。竜《りゅう》さんを呼《よ》んできいてみたら、扇風機《せんぷうき》は外《そと》の蔵《くら》にしまってあるらしい。

「ちょうどいい。坊《ぼっ》ちゃんと千棘《ちとげ》お嬢《じょう》さん。お勉強中《べんきょうちゅう》に申《もう》しわけねぇんですが、扇風機《せんぷうき》を取《と》ってきちゃくれませんか？」

はぁ!?　なんであたしも行《い》かなくちゃいけないのっ！

楽《らく》

「あ〜〜〜。なんか暑《あつ》いですわ〜〜〜」

オレの向《む》かいに座《すわ》っていた橘《たちばな》が、首元《くびもと》を見《み》せつけるように身《み》を乗《の》りだしてきた。

おいっ……やめろ、そういうセクシー攻撃《こうげき》。目《め》のやり場《ば》に困《こま》るだろ。

でもそのとき、オレは気《き》づいてしまった。

橘《たちばな》のペンダントは、鍵《かぎ》の形《かたち》をしていなかったんだ。

つまり、オレが十二年前《ねんまえ》に旅行先《りょこうさき》で出会《であ》った女《おんな》の子《こ》は、橘《たちばな》じゃない——。


そのあと、オレと千棘《ちとげ》は、竜《りゅう》に言《い》われて扇風機《せんぷうき》を取《と》りに蔵《くら》へ向《む》かった。

「なんで客《きゃく》のあたしまで扇風機《せんぷうき》、取《と》りに行《い》かされるのよ」

「どうせオレらをふたりきりにでもしようとしたんだろ」

オレはペンダントのことを思《おも》いかえしていた。橘《たちばな》じゃないっていうことは、いったいあの女《おんな》の子《こ》は、だれなんだろう。

庭《にわ》の奥《おく》に建《た》つ大《おお》きな蔵《くら》に着《つ》き、重《おも》そうな扉《とびら》を開《あ》け、中《なか》をのぞく。

「なに？　ここが蔵《くら》なの？　古《ふる》いし、暗《くら》いし、かび臭《くさ》いし……」

千棘《ちとげ》が文句《もんく》を言《い》いだした、つぎの瞬間《しゅんかん》だった。

だれかがオレたちを、思《おも》いっきり突《つ》きとばしたのだ。

「えっ……おい……!?」

ふたりが蔵《くら》の中《なか》に押《お》しこまれると、扉《とびら》が閉《し》まった。

あたりが暗闇《くらやみ》に包《つつ》まれる。明《あ》かりといえば、高《たか》い小窓《こまど》から差《さ》しこむひとすじの光《ひかり》だけ。

外《そと》から竜《りゅう》の「あっしらができるのはここまでです。スタンドアップ！　坊《ぼっ》ちゃん！」という声《こえ》が聞《き》こえてきた。

もしかして、オレたちハメられた⁉

扉《とびら》を開《あ》けようと押《お》したり引《ひ》いたりしたが、いっこうに動《うご》く気配《けはい》がない。

「くそっ、ダメだ。鍵《かぎ》がかかってる。悪《わる》いな。ウチのもんがよけいな――」

そう言《い》いかけたところで、とつぜん背中《せなか》にタックルを受《う》け、息《いき》が止《と》まりそうになった。

ふりかえると、千棘《ちとげ》がオレの腰《こし》のあたりに、ぎゅっと抱《だ》きついていた。

「……千棘《ちとげ》？」

「このままで、お願《ねが》いだから」

「へっ⁉」

「あ、あたしだって好《す》きでやってんじゃないんだから……怖《こわ》くない……怖《こわ》くない……」

千棘《ちとげ》はガタガタとふるえていた。それがオレの体《からだ》にも伝《つた》わってくる。

「まさかおまえ〜、千棘《ちとげ》のくせに暗《くら》いとこがダメなの〜？」

からかうつもりだったのに、千棘《ちとげ》はすっかり涙目《なみだめ》だ。うんうんうんと必死《ひっし》にうなずいてオレを見《み》あげる。

なんかごめん。本気《ほんき》で怖《こわ》いんだな。

しかたがないから、落《お》ち着《つ》くまでこのままでいることにした。

それにしても千棘《ちとげ》って、よく見《み》れば、目《め》はでかいし、まつげも長《なが》いし。なんかいいにおいもするし。

今《いま》まで気《き》づかなかったが、もしかしてこいつって、かわいい……のかもしれない。

暗闇《くらやみ》の中《なか》で、ドキンドキンと音《おと》がする。オレの心臓《しんぞう》の音《おと》だ。

なぜだ。なぜこんなに胸《むね》がドキドキしてるんだ――。

するとそのとき、外《そと》から「お嬢《じょう》――っ！」というクロードの叫《さけ》び声《ごえ》がし、轟音《ごうおん》とともに扉《とびら》がひらいた……というより、外《はず》れた。

クロードが扉《とびら》を蹴破《けやぶ》ったのだ。

オレと千棘《ちとげ》は、扉《とびら》ごと吹《ふ》っ飛《と》ばされて、そのまま床《ゆか》へ倒《たお》れこんでしまった。

しかも、オレが千棘《ちとげ》を押《お》し倒《たお》すみたいな姿勢《しせい》で……。

「リアリィイ!?」

千棘《ちとげ》に馬乗《うまの》りになっているオレを見《み》て、ショックを受《う》けたクロードが、その場《ば》にへなへなと倒《たお》れこむ。そこへすかさず鶫《つぐみ》があらわれ、無表情《むひょうじょう》のまま軽々《かるがる》とクロードをかついで去《さ》っていった。

あいつら、なんなんだ……。

ともかく、騒《さわ》ぎを聞《き》きつけてほかのやつらが来《く》る前《まえ》に早《はや》く立《た》ちあがらないと、とんでもない誤解《ごかい》をまねきそうだ。

が、しかし。時《とき》すでに遅《おそ》し。顔《かお》をあげると、橘《たちばな》と小野寺《おのでら》が立《た》っていた。

「いや、あの、これは……」

言《い》いわけしようとするけれど、しどろもどろになるばかり。

「楽《らく》さま……あんまりですわーっ！」

と、橘《たちばな》が大《おお》げさによろけながら走《はし》り去《さ》っていく。

小野寺《おのでら》は、気《き》まずそうな顔《かお》であとずさりをすると、

「……お邪魔《じゃま》しました」

そう言《い》い残《のこ》し、早足《はやあし》で逃《に》げていってしまった。

待《ま》ってくれ、小野寺《おのでら》────っ!!

「ちがうんだ……これには深《ふか》い事情《じじょう》が……」

もうダメだ……終《お》わった……オレ、終《お》わった……。

6 楽《たの》しいはずのオトマリ

あの勉強会《べんきょうかい》のあとも、小野寺《おのでら》は何事《なにごと》もなかったかのように、いたってふつうに接《せっ》してくれた。とりあえずは、嫌《きら》われたわけじゃないようだ。本当《ほんとう》によかった……。

明日《あした》から夏休《なつやす》みという日《ひ》のホームルームの時間《じかん》。クラス委員《いいん》の集《しゅう》が、黒板《こくばん》の前《まえ》でみんなに呼《よ》びかける。

「ちょっとみんな聞《き》いてくれー。夏休《なつやす》みに入《はい》る前《まえ》に、二学期《がっき》の文化祭《ぶんかさい》の出《だ》し物《もの》を決《き》めておきたいんだけど、なにかやりたいことがある人《ひと》」

みんながざわつくが、しばらく待《ま》っても、だれからも案《あん》が出《で》てこない。

すると、小野寺《おのでら》が「はい」と小《ちい》さな声《こえ》で言《い》って、手《て》をあげた。

いつもひかえめな小野寺《おのでら》がアイデアを出《だ》すなんて、意外《いがい》だな。

「あの……『ロミオとジュリエット』のお芝居《しばい》とか、どうかな？」

『ロミオとジュリエット』？

そのタイトルを耳《みみ》にすると、どうしても十二年前《ねんまえ》のできごとを思《おも》いだしてしまう。

旅行先《りょこうさき》の高原《こうげん》で、あの女《おんな》の子《こ》と読《よ》んだ絵本《えほん》は、『ロミオとジュリエット』だったから。

集《しゅう》は小野寺《おのでら》のアイデアが気《き》に入《い》ったみたいだった。

「いいねいいね。で、どんなお話《はなし》だっけ？」

なんだよ、知《し》らないのに賛成《さんせい》してたのかよ。テキトーなヤツだなー。

すると小野寺《おのでら》は、立《た》ちあがって説明《せつめい》しだした。

「えっと、物語《ものがたり》は、ロミオとジュリエットが、おたがいにひと目《め》で恋《こい》に落《お》ちるところからはじまります――」

オレは小野寺《おのでら》の声《こえ》に、うっとりと耳《みみ》をすます。

「でも、ふたりが生《う》まれたモンタギュー家《け》とキャピュレット家《け》は、犬猿《けんえん》の仲《なか》。激《はげ》しい抗争《こうそう》をくりかえしていました」

絵本《えほん》に出《で》てきたジュリエットは、小野寺《おのでら》みたいに可憐《かれん》だった。

きれいなドレスを着《き》て、一生懸命《いっしょうけんめい》に、命《いのち》がけの恋《こい》をしていた。

「それでも愛《あい》しあうふたりは、駆《か》け落《お》ちを計画《けいかく》します。ところが——」

ここからの展開《てんかい》が悲《かな》しいんだ。

「小《ちい》さなすれちがいからジュリエットが死《し》んだと思《おも》いこんだロミオは、毒《どく》を飲《の》んで命《いのち》を絶《た》ってしまいます。そしてロミオの死《し》を知《し》ったジュリエットも、みずから短剣《たんけん》を胸《むね》に刺《さ》し、あとを追《お》ったのでした」

オレと高原《こうげん》の女《おんな》の子《こ》は、ロミオとジュリエットみたいに離《はな》れ離《ばな》れにならないように、ペンダントを分《わ》けあった。

鍵《かぎ》と錠《じょう》のペンダントを。


「ううう……なんて悲《かな》しいお話《はなし》なんだ。オレは猛烈《もうれつ》に『ロミオとジュリエット』がやりたい！　みんなどうよ⁉」

集《しゅう》がハイテンションで問《と》いかけると、賛成《さんせい》したみんなは配役《はいやく》をどうするかで騒《さわ》ぎはじめた。

小野寺《おのでら》がなにか言《い》いかけたが、それをさえぎって橘《たちばな》が立《た》ちあがる。

「ロミオ役《やく》は楽《らく》さまがふさわしいと思《おも》いまーす。そして、ジュリエット役《やく》にふさわしいのは、小学生演劇《しょうがくせいえんげき》コンテスト銀賞受賞《ぎんしょうじゅしょう》のわたくし――」

こんどは集《しゅう》が橘《たちばな》をさえぎる。

「ロミオが楽《らく》なら、ジュリエットは千棘《ちとげ》ちゃんだろ！」

「話《はなし》を最後《さいご》まで聞《き》きんしゃーい！」

橘《たちばな》が叫《さけ》ぶが、もうだれも聞《き》いていない。

みんな「やっぱり本物《ほんもの》のカップルがいいよ」だとか「楽《らく》と桐崎《きりさき》でキマリ」だとか、勝手《かって》に盛《も》りあがりはじめた。

冗談《じょうだん》じゃねーよ。

なんでオレが千棘《ちとげ》とロミジュリなんかやらなくちゃいけねーんだ。

「おい、ちょっと待《ま》てよ！　おまえだってイヤだろ？」

千棘《ちとげ》を見《み》ると、意外《いがい》にも千棘《ちとげ》はやりたそうな顔《かお》をしていた。

「あたしはべつにかまわないけど……」

「マジかよ！」

さては、ジュリエットのかわいい衣装《いしょう》を着《き》たいんだな？

「よっしゃ！　ロミオとジュリエットは最強《さいきょう》カップルにキマリ～！　それじゃさっそく、夏休《なつやす》みの臨海学校《りんかいがっこう》で練習《れんしゅう》しよう！」

集《しゅう》がそう言《い》うと、クラスじゅうからわっと歓声《かんせい》があがる。

なんだよ……みんなして勝手《かって》に決《き》めやがって……。


千棘《ちとげ》は、臨海学校《りんかいがっこう》を楽《たの》しみにしているようだった。

行《い》きの貸《か》し切《き》りバスの中《なか》でも、みんなと一緒《いっしょ》に歌《うた》を歌《うた》っていた。

一番《いちばん》うしろの座席《ざせき》に橘《たちばな》、千棘《ちとげ》、オレ、小野寺《おのでら》、宮本《みやもと》の五人《にん》が並《なら》んで座《すわ》ることになったんだが——どうしてよりによってこんな並《なら》びなんだ？

真《ま》ん中《なか》に座《すわ》るオレは、バスが揺《ゆ》れるたびに千棘《ちとげ》か小野寺《おのでら》のほうへ体《からだ》がかたむいてしまう。

バスがカーブにさしかかり、千棘《ちとげ》に倒《たお》れかかってしまった。

「痛《いた》いんだけど！」

「しょうがねえだろ」

すると、すかさず橘《たちばな》が千棘《ちとげ》を引《ひ》っぱった。

「桐崎《きりさき》さんと楽《らく》さま、ひっつきすぎですわ！」

逆向《ぎゃくむ》きのカーブを曲《ま》がると、こんどは小野寺《おのでら》と密着《みっちゃく》してしまって、思《おも》わずあやまる。

「あ、悪《わり》ぃ……」

「う、ううん。大丈夫《だいじょうぶ》」

小野寺《おのでら》がちょっと恥《は》ずかしそうにほほえんだ。

それにしても、千棘《ちとげ》がやかましい。さっきから大声《おおごえ》で歌《うた》いまくりやがって。

「今日《きょう》はやけに機嫌《きげん》がいいな」

いやみったらしく言《い》ってやったら、千棘《ちとげ》はニコッと笑《わら》った。

「だって、クロードの監視《かんし》抜《ぬ》きなんて初《はじ》めてじゃない」

そうか、だからこんなにはしゃいでいるのか。神出鬼没《しんしゅつきぼつ》のクロードも、今回《こんかい》ばかりはついてこないようだ。今《いま》までずいぶんきゅうくつな思《おも》いをしたもんな。

「たしかにそうだな」

なんだかオレもほっとして、ついほほがゆるむ。

こんなにのびのびとした気分《きぶん》になるのは、どのくらいぶりだろう。

ところが、のびのび気分《きぶん》でいられたのはバスをおりるまでだった。

旅館《りょかん》に着《つ》くと、着物《きもの》を着《き》たクロードと鶫《つぐみ》が、玄関《げんかん》で三《み》つ指《ゆび》をついて待《ま》っていたのだ。

「みなさまの臨海学校《りんかいがっこう》を快適《かいてき》なものにすべく、不肖《ふしょう》クロード、この旅館《りょかん》を買収《ばいしゅう》いたしました」

よく見《み》れば、はっぴを着《き》た宿《やど》の従業員《じゅうぎょういん》は、みんなビーハイブの男《おとこ》たち……。

なんてこった！

「おふたりがお付《つ》き合《あ》いしているのはわかりました。よってこれからは――」

クロードはそう言《い》ってオレを見《み》あげ、不敵《ふてき》な笑《え》みを浮《う》かべた。

「楽《らく》さまが千棘《ちとげ》お嬢《じょう》さまにふさわしい殿方《とのがた》かどうか、見極《みきわ》めさせていただきます」

こ、こいつ……いったいなにをたくらんでいるんだ!?

千《ち》棘《とげ》

水着《みずぎ》に着《き》がえると、あたしたちはさっそくビーチで演劇《えんげき》の練習《れんしゅう》をはじめた。

ジュリエットのあたしが薬《くすり》を飲《の》んで倒《たお》れ、ロミオの楽《らく》が抱《だ》きかかえるシーン。

「ジュリエットー。きみは温《あたた》かく美《うつく》しいのにー、死《し》んでしまったのだねー。愛《あい》を永遠《えいえん》にー」

ちょっとなにそれ。

楽《らく》のセリフ、めちゃくちゃ棒読《ぼうよ》みじゃない？

楽《らく》は「毒薬《どくやく》」と書《か》かれたペットボトルを口《くち》にあて、パタッと砂《すな》の上《うえ》に倒《たお》れる。

あたしはムクリと起《お》きあがった。

「えっと……ロミオ。あたしのぶんの毒薬《どくやく》は残《のこ》してくれなかったのね。愛《あい》を永遠《えいえん》に」

あっ、あたしもけっこう棒読《ぼうよ》みかも。お芝居《しばい》って難《むずか》しいわね。えっとえっと、このあとなんだっけ。剣《けん》で胸《むね》を刺《さ》すのよね。

あたしはプラスチックでできたオモチャの剣《けん》で胸《むね》を突《つ》き、パタッと倒《たお》れた。

すると、舞子集《まいこしゅう》くんが台本《だいほん》をふりまわしながら叫《さけ》ぶ。

「カットカット！　きみら本当《ほんとう》にカップル？　もっとセリフにソウルとパッションをこめて！」

橘《たちばな》さんが「カットばかりで、いつまでたってもわたくしの出番《でばん》が来《こ》ないじゃないですか！」と怒《おこ》りだす。

そこからはもう、めちゃくちゃだった。

文化祭《ぶんかさい》の演劇《えんげき》は前途多難《ぜんとたなん》。でも、練習《れんしゅう》すればきっと上手《じょうず》になるはずよ。

友《とも》だちと一緒《いっしょ》にお芝居《しばい》をするなんて、あたしにとっては初《はじ》めての体験《たいけん》。すごく楽《たの》しみなの。

演劇《えんげき》の練習《れんしゅう》をしないみんなは、夏《なつ》のビーチを満喫《まんきつ》。夜《よる》になると、クラス全員《ぜんいん》で宿《やど》の近《ちか》くの砂浜《すなはま》に集《あつ》まった。少《すこ》し先《さき》には、うっそうとした松林《まつばやし》が見《み》える。

「臨海学校恒例《りんかいがっこうこうれい》、きもだめし大会《たいかい》！」

舞子《まいこ》くんがそう言《い》うと、みんなが「イェーイ！」と答《こた》える。

「毎年《まいとし》、多《おお》くのカップルが誕生《たんじょう》する伝説《でんせつ》のきもだめしだ！　みんな盛《も》りあがっていこう！」

「イェーイ!!」

きもだめし……あの松林《まつばやし》に入《はい》るのか。

あたし、暗《くら》いところが苦手《にがて》なのよね。

ペアを決《き》めるくじ引《び》きがはじまり、あたしは6番《ばん》を引《ひ》いた。相手《あいて》は舞子《まいこ》くん。

楽《らく》とペアになりたそうにしていた橘《たちばな》さんは「オバケ役《やく》」を引《ひ》いたらしく、ショックでかたまっている。

小咲《こさき》ちゃんは12番《ばん》。12番《ばん》の男子《だんし》って、いったいだれ……？

1番《ばん》のペアから林《はやし》の中《なか》へと入《はい》っていく。

あたしと舞子《まいこ》くんの順番《じゅんばん》が来《き》た。ううう……緊張《きんちょう》するなぁ……。

舞子《まいこ》くんは、余裕《よゆう》の表情《ひょうじょう》で笑《わら》う。

「安心《あんしん》して、千棘《ちとげ》ちゃん。オバケだろうが怪物《かいぶつ》だろうが、オレが追《お》い払《はら》って――」

と、そのとき、いきなりあたしたちの目《め》の前《まえ》に、血《ち》まみれのゾンビが三体《たい》!!

「ぎゃあああああああ!」

舞子《まいこ》くんが「オバケ怖《こわ》いよぉぉ!」と叫《さけ》んで尻《しり》もちをつく。

ダメダメダメ……耐《た》えられない!

あたしは絶叫《ぜっきょう》しながらその場《ば》から逃《に》げだした。

楽《らく》

オレが引《ひ》いたくじは12番《ばん》だった。

そして今《いま》、ペアの小野寺《おのでら》と並《なら》んで順番《じゅんばん》を待《ま》っている。

なんという幸運《こううん》! 神《かみ》さまって、いたんだな。オレは十字《じゅうじ》を切《き》ってつぶやいた。

「神《かみ》よ、感謝《かんしゃ》します」

ふと見《み》ると、オレたちの前《まえ》にいるペアが、なにやらこそこそ話《はなし》をしている。

「わたし、怖《こわ》いかも……。手《て》、つないじゃだめ？」

「お、おう。べつにいいけど……」

なんだと？　手《て》をつなぐ、だと⁉

そうか、そんな選択肢《せんたくし》もあったのか。

オレがドキドキして横《よこ》を見《み》ると、小野寺《おのでら》が恥《は》ずかしそうに見《み》あげていた。

「……やっぱり、きもだめしって怖《こわ》いのかな」

「や、やっぱり、怖《こわ》いんじゃないかな」

そうだ、きっと怖《こわ》い。怖《こわ》いから、手《て》をつないだほうがいいに決《き》まってる。

思《おも》いきって、手《て》をつなぎませんかと言《い》ってみよう。

「「じゃあ手《て》を――」」

同時《どうじ》に同《おな》じことを口《くち》にしたオレと小野寺《おのでら》は、ハッとして見《み》つめあった。

小野寺《おのでら》もそう思《おも》っているなら……。

オレと小野寺《おのでら》が、ためらいながら手《て》を伸《の》ばした、そのときだった。

「大変《たいへん》だ！　千棘《ちとげ》ちゃんが消《き》えた！」

集《しゅう》が血相《けっそう》を変《か》えて走《はし》ってくる。

「えっ!?」

「ゾンビにおどろいている隙《すき》にいなくなった！」

いなくなったって!?

そういえば千棘《ちとげ》は、暗《くら》い場所《ばしょ》が苦手《にがて》だった。

こんな真《ま》っ暗《くら》な林《はやし》の中《なか》、ひとりで動《うご》けなくなっているんだとしたら……。

そう考《かんが》えると、心配《しんぱい》で心配《しんぱい》で、いてもたってもいられなくなった。

「……さがしてくる！」

気《き》づいたらオレは、暗闇《くらやみ》の中《なか》を走《はし》りだしていた。

千《ち》棘《とげ》

ここ、どこだろう。

暗闇《くらやみ》を夢中《むちゅう》で走《はし》ったせいで、あたしは道《みち》に迷《まよ》ってしまった。

まわりにはだれもいない。

きもだめしのコースから、すっかり外《はず》れちゃったみたい。

あたしは茂《しげ》みの中《なか》にしゃがみ、だれかが助《たす》けに来《き》てくれるのをじっと待《ま》つことにした。

風《かぜ》が吹《ふ》いて木々《きぎ》がザワザワと音《おと》をたてるたびに、ビクッとふるえあがってしまう。

ウォーンだとかキィキィだとか、妙《みょう》なケモノの鳴《な》き声《ごえ》もする。

「……怖《こわ》くない……怖《こわ》くない……」

呪文《じゅもん》のようにとなえるけれど、怖《こわ》くてしかたがない。

そのとき、遠《とお》くからだれかの声《こえ》が聞《き》こえてきた。

「千棘《ちとげ》ーっ！」

これは……楽《らく》の声《こえ》？

しばらくすると、あたしのうしろでザッと物音《ものおと》がし、人《ひと》の気配《けはい》がした。

「ギャアッ！」

おそるおそるふりかえると、立《た》っていたのは、楽《らく》。

ずいぶん走《はし》ったらしく、息《いき》があがっている。

「……やっと……見《み》つけた」

「どうしてあんたが……」

「自分《じぶん》でもわからねぇよ。でも、ほっとけないだろ」

楽《らく》はあたしの心配《しんぱい》なんてしていないと思《おも》っていたのに。

思《おも》いもよらない言葉《ことば》をかけられて、あたしはドキドキしてしまう。

見《み》あげると、楽《らく》がそっと手《て》を伸《の》ばした。

「ほら」

「バカモヤシ……」

その手《て》を取《と》ると温《あたた》かくて、心《こころ》の底《そこ》からほっとした。それから少《すこ》し緊張《きんちょう》もした。

やだな。あたしったら、バカモヤシ相手《あいて》に、なに緊張《きんちょう》なんかしてるんだろう……。

楽《らく》

とりあえず、無事《ぶじ》に千棘《ちとげ》が見《み》つかってよかった。

そのかわり、小野寺《おのでら》と手《て》をつなげないまま、きもだめしの時間《じかん》は終《お》わっちまったけど。

くやしいのとほっとしたのとが入《い》り混《ま》じった気持《きも》ちで、自分《じぶん》の手《て》をじっと見《み》つめる。

「あーあ。せっかく小野寺《おのでら》と……」

いかんいかん。いつまでもウジウジしていてもしょうがねえ。温泉《おんせん》に入《はい》ろう。

オレは『男湯《おとこゆ》』と書《か》いてあるのれんをくぐり、中《なか》へ入《はい》っていった。

まさか、クロードが罠《わな》をしかけているとは思《おも》わずに――。


宿《やど》の温泉《おんせん》は、最高《さいこう》の湯加減《ゆかげん》だった。

「ふあぁぁぁ……。極楽《ごくらく》、極楽《ごくらく》……」

大《おお》きな露天風呂《ろてんぶろ》に浸《つ》かって脱力《だつりょく》していると、だれかがバシャンと湯舟《ゆぶね》にダイブしてきて、お湯《ゆ》が顔《かお》にかかった。

お行儀《ぎょうぎ》の悪《わる》いヤツがいるもんだ。

「おい！」

オレが怒鳴《どな》ると、

「ごめ―――ん」

女《おんな》の子《こ》の声《こえ》が聞《き》こえてくる。

は？　女《おんな》の子《こ》の声《こえ》⁉

湯気《ゆげ》の向《む》こうに見《み》えたのは、千棘《ちとげ》の顔《かお》。オレたちは同時《どうじ》に悲鳴《ひめい》をあげる。

「「うえええええ！」」

ふたりとも体《からだ》はお湯《ゆ》の中《なか》だから見《み》えないが、それでもこんなのありえないだろ！

だってここ風呂《ふろ》じゃん？　ハダカじゃん⁉

千棘《ちとげ》が叫《さけ》んだ。

「なんで女湯《おんなゆ》にいんのよっ！」

女湯《おんなゆ》？　そんなはずないぞ？

「ちがうちがうちがう！　オレは男湯《おとこゆ》に入《はい》ったんだよ！」

なにかに思《おも》いいたったらしく、千棘《ちとげ》はうんざりした顔《かお》をして首《くび》を横《よこ》にふる。

「あー、わかったわ。またクロードの仕業《しわざ》ね」

「またアイツか」

オレたちはあきれて、はぁ〜っとため息《いき》をついた。

きっと、オレが入《はい》った直後《ちょくご》に『男湯《おとこゆ》』と『女湯《おんなゆ》』ののれんを入《い》れかえたんだ。

くっそ……そこまでしてオレをおとしいれたいのか？

「てか、のんきに浸《つ》かってる場合《ばあい》じゃないでしょ！」

そうだったな。だれかが来《く》る前《まえ》に風呂《ふろ》から出《で》ないと、ヤバいことになる。

「出《で》る出《で》る、出《で》るよ！」

オレが逃《に》げようとしたそのとき、浴室《よくしつ》の戸《と》がガラッと開《あ》き、橘《たちばな》と宮本《みやもと》、それから小野寺《おのでら》が入《はい》ってきた。

やめてくれ〜〜〜っ、なんてタイミングで入《はい》ってくるんだよ！

とっさに千棘《ちとげ》が、オレを隠《かく》すようにして座《すわ》りなおす。

「あんたがここにいるのがバレたら、あたしまでヘンタイ扱《あつか》いされるでしょうが！　むこう向《む》いてて！」

オレたちは背中合《せなかあ》わせになった。

千棘《ちとげ》の背中《せなか》が、オレの背中《せなか》にぴったりくっついてるじゃねーか……あわわわわ……。

「だれかいるの？」

洗《あら》い場《ば》にいた宮本《みやもと》がきく。どうやら三人《にん》とも湯舟《ゆぶね》に向《む》かってきているらしい。

「あっ……あたしだけよ！」

そう言《い》うと、千棘《ちとげ》はオレの頭《あたま》をつかんで、グイッとお湯《ゆ》の中《なか》に沈《しず》めた。

くっ……苦《くる》しいいいいいい……。

チャポン、と三人《にん》が湯舟《ゆぶね》に入《はい》ってくる音《おと》がする。

「千棘《ちとげ》ちゃんて、もしかして温泉初《おんせんはじ》めて？」

小野寺《おのでら》の声《こえ》だ。

「そっか。ニューヨークにいたんだもんね」

これは宮本《みやもと》の声《こえ》。

「そ、そうなの！　みんなで背中流《せなかなが》しっことかしてみない？」

千棘《ちとげ》は必死《ひっし》に、みんなを湯舟《ゆぶね》から出《だ》そうとしている。

洗《あら》い場《ば》に行《い》ってくれれば、オレがここから脱出《だっしゅつ》できるからだ。

すると、橘《たちばな》が言《い》う。

「気《き》が早《はや》いですわ。十五分《ふん》ほどの入浴《にゅうよく》にはデトックス効果《こうか》がありますのよ」

十五分《ふん》だと⁉　そんなに入《はい》っていられたら、息《いき》がつづかねぇ！

「十五分《ふん》⁉　死《し》んじゃう！」

千棘《ちとげ》が叫《さけ》んだ。そのとおりだ、オレが死《し》ぬ。

「恋《こい》も美容《びよう》も忍耐《にんたい》ですわ。さ、ご一緒《いっしょ》に。いーち、にーい……」

橘《たちばな》が数《かぞ》えはじめると、小野寺《おのでら》と宮本《みやもと》も「いーち、にーい」と数《かぞ》えはじめた。

……限界《げんかい》、もう限界《げんかい》だぁ。

オレはブクブクブクと息《いき》をはいて気《き》を失《うしな》いかけた。

気《き》づいた千棘《ちとげ》が叫《さけ》ぶ。

「あ、UFO《ユーフォー》！　アダムスキー型《がた》！」

三人《にん》は「えっ、どこどこ⁉」と言《い》いながら空《そら》を見《み》あげる。

ナイス、千棘《ちとげ》！

オレはその隙《すき》にザバッと湯舟《ゆぶね》から飛《と》びだし、一目散《いちもくさん》に脱衣場《だついば》へ逃《に》げていった。

あぶねぇ。永遠《えいえん》に沈《しず》むところだったじゃねーか。

ちくしょう、クロードのヤツめ……!!

千《ち》棘《とげ》

クロードったら、なんてことするのかしら。

無事《ぶじ》に逃《に》げられたからよかったものの、下手《へた》したら死《し》ぬところだったわよ!

お風呂《ふろ》から出《で》て浴衣《ゆかた》を着《き》ると、あたしは気分転換《きぶんてんかん》に海辺《うみべ》に行《い》ってみることにした。

昼間《ひるま》、お芝居《しばい》の練習《れんしゅう》で使《つか》ったやぐらの近《ちか》くに、ベンチみたいな流木《りゅうぼく》があった。

あたしはそこに座《すわ》って、海《うみ》を見《み》つめた。

ふいに、お風呂場《ふろば》で背中《せなか》をくっつけあったことがよみがえった。

まさかあたしのハダカ、見《み》られてないわよね!?

……きっと大丈夫《だいじょうぶ》、湯気《ゆげ》がすごかったし、ふたりともお湯《ゆ》の中《なか》だったたし、見《み》られてない。

うん、見《み》られてない、見《み》られてない……。

恥《は》ずかしくなり、顔《かお》を両手《りょうて》でおおってもだえていると、

「さっきはありがとな」

とつぜん楽《らく》の声《こえ》がして、あたしは飛《と》びあがりそうになった。

いつの間《ま》にか目《め》の前《まえ》にいた楽《らく》は、ちょっと気《き》まずそうに苦笑《にがわら》いする。

「……いいわよ。ここまできたら、戦友《せんゆう》みたいなもんだし」

楽《らく》があたしの横《よこ》に腰《こし》をおろす。

「たしかにな。毎日《まいにち》、気《き》が抜《ぬ》けねえもんな」

最初《さいしょ》は、ファミリーのために、好《す》きでもない人《ひと》とニセモノの恋人同士《こいびとどうし》を演《えん》じるなんて、本当《ほんとう》に本当《ほんとう》にイヤだと思《おも》っていたの。

そのお相手《あいて》はモヤシみたいに軟弱《なんじゃく》だし、友《とも》だちにもなりたくないって。

だけど、今《いま》はちょっとちがう。

「でも、このニセコイってのも、案外悪《あんがいわる》くないかも？」

あたしがそう言《い》うと、楽《らく》は「はぁ？」とあきれた顔《かお》をする。

「なーんてね、ハハハ……」

笑《わら》ってごまかして、立《た》ちあがる。

夜空《よぞら》を見《み》あげると、きれいな星《ほし》がまたたいていた。

月《つき》も明《あか》るく海《うみ》を照《て》らしている。

あたし、最近《さいきん》、けっこう毎日《まいにち》が楽《たの》しいのよね。楽《らく》のおかげかなって思《おも》ったりもする。

だからきいてみたいんだけど。

「……もしさ」

思《おも》いきって切《き》りだすと、楽《らく》は気《き》の抜《ぬ》けた返事《へんじ》をする。

「うん？」

「もしも、あたしたちが本当《ほんとう》の恋人同士《こいびとどうし》だったら、うまくいってたと思《おも》う？」

楽《らく》はよほどおどろいたのか、とつぜん立《た》ちあがった。

「いいから、答《こた》えなさいよ」

「うまく――」

楽《らく》は赤《あか》い顔《かお》をして目《め》をそらした。

あたりがしんと静《しず》まる。

遠《とお》くから、波《なみ》の音《おと》が聞《き》こえてきた。

「――うまくいくわけねーだろ」

それって、照《て》れてるの？　それとも本気《ほんき》で言《い》っているの？
あたしがだまっていると、楽《らく》は言葉《ことば》をつづけた。
「おまえはガサツだし、すぐ暴力《ぼうりょく》ふるうし、どーせケンカばっかだよ」
いつもの調子《ちょうし》でからかっているように言《い》った。
うん、そうだよね。わかってる。
楽《たの》しいと思《おも》いはじめていたのは、あたしだけだったみたい。
あたしったら、いったいなにを期待《きたい》してたんだろう……。
気《き》を取《と》り直《なお》して、にっこり笑《わら》ってみせる。
「だよねー。うまくいくわけないよねっ！」
あたしは、「戻《もど》るね」と言《い》い残《のこ》すと、その場《ば》を立《た》ち去《さ》った。
やだ。どうしてこんなに悲《かな》しいんだろう。

そのときあたしは初《はじ》めて気《き》づいたの。

もしかしたら、楽《らく》のことが好《す》きなのかもしれないって。


客室《きゃくしつ》に戻《もど》り、ふすまを開《あ》けようとすると、中《なか》から小咲《こさき》ちゃんと橘《たちばな》さんの話《はな》し声《ごえ》が聞《き》こえてきて手《て》を止《と》める。

「あら、かわいい。ひょっとしてそれは、殿方《とのがた》からのプレゼントですわね？」

橘《たちばな》さんが興奮《こうふん》ぎみに言《い》う。

「ロマンチックのひとりじめは、許《ゆる》しませんわ」

そのあと小咲《こさき》ちゃんが小《ちい》さな声《こえ》でこそこそっとなにかを言《い》い、橘《たちばな》さんがききかえす。

「結婚《けっこん》の約束《やくそく》!?」

「うん。十二年前《ねんまえ》、旅先《たびさき》で出会《であ》った男《おとこ》の子《こ》とペンダントを分《わ》けあったの」

十二年前《ねんまえ》。ペンダント。

あたしは少《すこ》しだけふすまを開《あ》けて、部屋《へや》をのぞいた。

小咲《こさき》ちゃんの胸《むね》に輝《かがや》いているのは、鍵《かぎ》の形《かたち》をしたペンダントだった。

ふいに、保健室《ほけんしつ》で楽《らく》が話《はな》していたことを思《おも》いだした。


――持《も》ってれば、また会《あ》えるんじゃねーかと思《おも》ってな。


楽《らく》は、十二年前《ねんまえ》に旅先《たびさき》で女《おんな》の子《こ》と出会《であ》った。

今《いま》でも錠《じょう》の形《かたち》をしたペンダントを持《も》っていて、鍵《かぎ》の形《かたち》をしたペンダントを持《も》つ女《おんな》の子《こ》をさがしている。

小咲《こさき》ちゃんの話《はなし》と、ぴったり合《あ》う。

橘《たちばな》さんが夢見《ゆめみ》がちに声《こえ》を張《は》りあげた。

「なんてロマンチックなのでしょう！　小野寺《おのでら》さんは、今《いま》もその方《かた》のことを？」

「……好《す》きだよ。でも、その人《ひと》が今幸《いましあわ》せなら、わたしはそれでいいの。向《む》こうは忘《わす》れちゃってるみたいだし」
小咲《こさき》ちゃんは、楽《らく》がペンダントの男《おとこ》の子《こ》だって知《し》っているんだ。
ということは、あたしはとつぜんそこにあらわれた邪魔者《じゃまもの》。
小咲《こさき》ちゃんに好《す》きな人《ひと》ができたら応援《おうえん》するなんて言《い》っておいて、本当《ほんとう》はあたし、今《いま》まで
ずっと小咲《こさき》ちゃんを傷《きず》つけてきたんだ――。
あたしはそっとふすまを閉《し》めた。ふらふらと部屋《へや》を出《で》る。
明日《あした》からどんな顔《かお》をして小咲《こさき》ちゃんに会《あ》えばいいの？

つぎの朝《あさ》、みんなが起《お》きる前《まえ》に、あたしはひとりで食堂《しょくどう》に行《い》き、朝《あさ》ご飯《はん》を食《た》べた。

部屋《へや》からいなくなったことに気《き》づいたのか、小咲《こさき》ちゃんがやってきた。

「千棘《ちとげ》ちゃん。ジュリエットの衣装《いしょう》なんだけどね、こんなのどうかな？」

広《ひろ》げたスケッチブックには、ジュリエットの衣装《いしょう》デザインがたくさんかいてあった。

「これ、小咲《こさき》ちゃんが？」

「うん。ここはスパンコールをつけるつもり。千棘《ちとげ》ちゃん、背《せ》も高《たか》いし、こういうのぜっ

たい似合《にあ》うと思《おも》って」

あたしは、小咲《こさき》ちゃんから楽《らく》をうばったんだよね？

それなのに、一番《いちばん》に友《とも》だちになってくれて、くったくなくおしゃべりをしてくれて。

あたしはニセモノの恋人《こいびと》。小咲《こさき》ちゃんが身《み》を引《ひ》く必要《ひつよう》なんてない。

涙《なみだ》がこぼれそうになるのをこらえていたら、小咲《こさき》ちゃんが不安《ふあん》そうにのぞきこんできた。

「千棘《ちとげ》ちゃん？」

ごめんね、こんな顔《かお》して。

心配《しんぱい》させないように笑顔《えがお》を作《つく》る。

「小咲《こさき》ちゃん。ほんとにありがとう」


そのあと、あたしは用事《ようじ》ができたと先生《せんせい》にウソをつき、宿《やど》をあとにした。

ビーハイブのメンバーが出《だ》してくれたリムジンに乗《の》り、ひとりで静《しず》かに考《かんが》える。

「あたし、邪魔者《じゃまもの》じゃん……」

そう。あたしがいなければ、すべてはハッピーエンド。

それなのに、こんなに胸《むね》が苦《くる》しいなんて。
もし、楽《らく》のことを好《す》きにならなければ。
出会《であ》った頃《ころ》のままでいられたならば。
そうしたら、こんな思《おも》いをしなくてすんだのかな。
楽《らく》のことは、忘《わす》れてしまおう。
ニセコイなんて、もう終《お》わりにしよう。

7 そろそろシオドキ

楽《らく》

新学期《しんがっき》がはじまると、千棘《ちとげ》がとんでもないことを言《い》いだした。

「ちょ、ちょっとそれ、どういうこと⁉」

集《しゅう》があわてて千棘《ちとげ》に問《と》いかける。

「だから、ジュリエット役《やく》をおりたいんです」

クラス全員《ぜんいん》が、ざわざわと騒《さわ》ぎはじめた。

「もともとロミジュリなんか好《す》きじゃないし、最初《さいしょ》からあたしには無理《むり》だったのよ」

おいおい、ウソだろ⁉

今《いま》さら「好《す》きじゃない」だとか「無理《むり》」だとか、ありえねーだろ。

「なに勝手《かって》なこと言《い》ってんだよ。じゃあだれが――」

横《よこ》から橘《たちばな》が「それは小学生演劇《しょうがくせいえんげき》コンテスト銀賞受賞《ぎんしょうじゅしょう》のわたくしが！」と割《わ》りこんでくる。

橘《たちばな》はこの際《さい》、めんどうだから放《ほう》っておこう。

千棘《ちとげ》はキッパリと言《い》った。

「小咲《こさき》ちゃんがいい」

とつぜん名指《なざ》しされた小野寺《おのでら》が「えっ？」と目《め》を丸《まる》くする。

とまどうのも当然《とうぜん》だ。オレたちだって、とまどっている。

「あたしなんかより、小咲《こさき》ちゃんのほうがジュリエットに合《あ》ってると思《おも》う」

千棘《ちとげ》は小野寺《おのでら》をまっすぐに見《み》つめる。

「お願《ねが》い、小咲《こさき》ちゃん」

それだけ言《い》うと、千棘《ちとげ》は教室《きょうしつ》から出《で》ていった。

クラスのやつらは千棘《ちとげ》の態度《たいど》にあきれたようだった。「なんだあいつ」「勝手《かって》だな」と、口々《くちぐち》に千棟《ちとげ》を非難《ひなん》しはじめた。

もちろん、オレだって頭《あたま》にきていた。

今《いま》までみんなで一生懸命《いっしょうけんめい》に練習《れんしゅう》してきたことが、ムダになるじゃねーか。小野寺《おのでら》にも迷《めい》惑《わく》をかけるじゃねーか。

せっかくできた友《とも》だちだって、みんな失《うしな》っちまうぞ。

どうしてそんなことするんだよ。

オレは千棟《ちとげ》を追《お》いかけて、廊下《ろうか》へ駆《か》けでた。

「ふざけんなよ、おまえ！　自分《じぶん》がなに言《い》ってんのかわかってんのか⁉」

早足《はやあし》で歩《ある》きつづける千棟《ちとげ》のあとを追《お》う。

「急《きゅう》にやめたらオレたちの仲《なか》まで疑《うたが》われるだろ？　バレたら戦争《せんそう》がはじまるんだぞ？」

千棟《ちとげ》はオレを無視《むし》して歩《ある》きつづけた。

返事《へんじ》もしなければ、こっちを向《む》こうともしない。

「なんでいつもそうなんだよ！　ワガママばっか言《い》いやがって、少《すこ》しは人《ひと》の気持《きも》ちも考《かんが》えろよ！」

ピタリと千棘《ちとげ》が足《あし》を止《と》める。

そしてふりかえって怒鳴《どな》った。

「イヤなもんはイヤなの！　べつにいいでしょ……あたしたちどうせニセモノなんだから！」

「なんだよそれ……」

千棘《ちとげ》とオレは、廊下《ろうか》でにらみあった。

残念《ざんねん》だよ。オレはもっと、おまえと仲《なか》よくなれていたと思《おも》ってたんだけどな。

友《とも》だちくらいにはなれたかと思《おも》っていた。

「そうかよ。わかったよ」

売《う》り言葉《ことば》に買《か》い言葉《ことば》だった。

怒《いか》りにまかせて、オレも怒鳴《どな》った。

「おまえと一緒《いっしょ》にいても楽《たの》しくなんかなかったし、仲《なか》よくもなってない。そりゃそうだよな。だって最初《さいしょ》から全部《ぜんぶ》ニセモノだったんだもんな！」

バシッ！

ビンタが飛《と》んできた。
千棘《ちとげ》は目《め》に涙《なみだ》をためてオレをにらむと、その場《ば》を走《はし》り去《さ》った。
痛《いて》え。
残《のこ》されたオレは、熱《ねつ》を持《も》ったほほを押《お》さえ、ため息《いき》をつく。
「なんでこんなに痛《いて》ぇんだよ……」
今《いま》までだってあいつになぐられたことはあったのに、いつもよりずっと痛《いた》かった。
痛《いた》いのはほほだけじゃない。
胸《むね》もしくしく痛《いた》む。
痛《いた》くて痛《いた》くて、涙《なみだ》が出《で》そうだった。

千《ち》棘《とげ》

あたし、決《き》めたの。こんなむなしいこと、いつまでもつづけてちゃいけないって。

楽《らく》をビンタした日《ひ》、あたしはお父《とう》さまのもとへ行《い》って切《き》りだした。

「お父《とう》さま、お話《はなし》があるの」

不思議《ふしぎ》そうな顔《かお》をして、お父《とう》さまがあたしを見《み》る。

そろそろ潮時《しおどき》だと思《おも》っている。

みんなをだますのは、もう終《お》わり。身《み》を引《ひ》かなくちゃいけない。


あたしがジュリエット役《やく》をおりると、小咲《こさき》ちゃんが代役《だいやく》を務《つと》めることになった。

文化祭《ぶんかさい》の準備《じゅんび》は、着々《ちゃくちゃく》と進《すす》んでいく。でもあたしはやることがないから、いつも早《はや》めに下校《げこう》していた。

放課後《ほうかご》になると、クラスの子《こ》たちが校庭《こうてい》のすみで演劇《えんげき》の練習《れんしゅう》をはじめる。

「ロミオ、あなたこそあの月《つき》より清《きよ》らかだわ。私《わたし》を愛《あい》するとお誓《ちか》いください」

ジュリエットを演《えん》じる小咲《こさき》ちゃんの声《こえ》が耳《みみ》に飛《と》びこんできて、あたしは思《おも》わず立《た》ちどまった。

このあいだまで、あたしが練習《れんしゅう》していたセリフ。

小咲《こさき》ちゃんの向《む》かいに立《た》つ楽《らく》が、ロミオのセリフを言《い》う。

「僕《ぼく》は誓《ちか》う。あの月《つき》にかけて」

これでよかったのよ。

立《た》ち去《さ》ろうとすると、クラスメイトがこそこそ話《はな》しているのが聞《き》こえてきた。

「小野寺《おのでら》もサマになってきたよな」

「桐崎《きりさき》よりよかったんじゃないか？」

そのとおりかもしれないね。

だから、これでよかったの。


文化祭《ぶんかさい》の当日《とうじつ》。

クラスの演劇《えんげき》は、練習《れんしゅう》の甲斐《かい》あって、どうにか形《かたち》になっているみたい。

メイク室《しつ》がわりに使《つか》っている教室《きょうしつ》へ行《い》くと、小咲《こさき》ちゃんが鏡《かがみ》の前《まえ》に座《すわ》り、本番《ほんばん》へ向《む》けて準備《じゅんび》をしていた。

あたしに気《き》づいた小咲《こさき》ちゃんが、はっとして顔《かお》をあげる。

「あのね、小咲《こさき》ちゃんにだけは、本当《ほんとう》のことを伝《つた》えておきたくて」

とつぜんのことで、びっくりしたようだった。

「……本当《ほんとう》のこと？」

あたしはゆっくりとうなずいた。

「あたしと楽《らく》は恋人同士《こいびとどうし》なんかじゃない。ニセモノの関係《かんけい》だったの」

小咲《こさき》ちゃんはおどろいて、言葉《ことば》を失《うしな》っている。

いきなりこんな話《はなし》を聞《き》かされても、困《こま》っちゃうよね。

でも、言《い》っておかないと、終《お》われないから。

「お互《たが》いの家《いえ》の事情《じじょう》で、親《おや》にむりやり恋人《こいびと》のフリをさせられてただけなの」

恋人《こいびと》のフリなんて、最初《さいしょ》は本当《ほんとう》にイヤだった。

だけど、だんだんと楽《らく》と一緒《いっしょ》にいるのが楽《たの》しくなってきて。

そんな生活《せいかつ》も、もうすぐ終《お》わり。

「小咲《こさき》ちゃん。鍵《かぎ》のペンダントを持《も》ってるよね？」

うん、と小咲《こさき》ちゃんが小《ちい》さくうなずく。

「楽《らく》はね、今《いま》でもずっと鍵《かぎ》のペンダントを持《も》っている子《こ》をさがしてるよ」

「……じゃあ、千棘《ちとげ》ちゃんがジュリエット役《やく》をおりたのは……」

そうだよ。

あたしは、ジュリエットの役《やく》にはふさわしくない相手《あいて》だったんだ。

楽《らく》と一緒《いっしょ》に舞台《ぶたい》に立《た》つべきなのは、小咲《こさき》ちゃん。

楽《らく》と小咲《こさき》ちゃんは、お互《たが》いにずっと思《おも》いつづけていたのよ。

「あたしは、運命《うんめい》の相手同士《あいてどうし》、本物《ほんもの》の恋人《こいびと》になってほしい」

小咲《こさき》ちゃんは、まだ信《しん》じられないといった様子《ようす》で、呆然《ぼうぜん》と座《すわ》っている。

「大変《たいへん》だったんだから、恋人《こいびと》のフリするの。ほんとバッカみたい。ジュリエット、がんばってね」

あたしはなるべく明《あか》るく見《み》えるように笑顔《えがお》を作《つく》って、教室《きょうしつ》を出《で》ていった。

これ以上《いじょう》、小咲《こさき》ちゃんを悲《かな》しませたくないもの。

あーあ、スッキリした。

ううん、ちがう。ぜんぜんスッキリしていない。

心《こころ》の奥《おく》のほうが痛《いた》くて痛《いた》くて、涙《なみだ》が出《で》そうだよ。


学校《がっこう》のホールは、準備《じゅんび》で忙《いそが》しそうだった。

つぎの出番《でばん》はあたしたちのクラスの出《だ》し物《もの》、演劇《えんげき》『ロミオとジュリエット』。

みんな舞台《ぶたい》のセットを用意《ようい》したり、発声練習《はっせいれんしゅう》をしたりしている。

その様子《ようす》を少《すこ》しだけ見《み》て、帰《かえ》ろうと外《そと》へ出《で》る。校舎前《こうしゃまえ》には模擬店《もぎてん》が並《なら》び、人《ひと》でごったがえしていた。

しばらくすると、教子先生《きょうこせんせい》が血相《けっそう》を変《か》えてホールから駆《か》けだしてきて、救護《きゅうご》テントに飛《と》びこんでいった。「捻挫《ねんざ》」とか「保健室《ほけんしつ》」といった言葉《ことば》が聞《き》こえてくる。

まさか、ケガ人《にん》でも出《で》たの？

なんだか心配《しんぱい》になってホールへ戻《もど》ってみて、あたしは息《いき》が止《と》まりそうになった。

クラスのみんなが集《あつ》まり、人《ひと》だかりができている。

その真《ま》ん中《なか》に、倒《たお》れた脚立《きゃたつ》。そして大道具係《おおどうぐがかり》の男子《だんし》と、派手《はで》な衣装《いしょう》を着《き》た女子《じょし》が、重《かさ》なりあって伏《ふ》せていて——。

あの衣装《いしょう》には見覚《みおぼ》えがある。まちがいなくジュリエットの衣装《いしょう》。

そばにいたるりちゃんが、小咲《こさき》ちゃんを抱《だ》き起《お》こしている。

「脚立《きゃたつ》が倒《たお》れてきて、小咲《こさき》が！」

「……るりちゃん、わたしは大丈夫《だいじょうぶ》」

大道具係《おおどうぐがかり》の男子《だんし》は、「ごめん、俺《おれ》の不注意《ふちゅうい》で」と必死《ひっし》に頭《あたま》をさげていた。

「平気《へいき》、平気《へいき》」

小咲《こさき》ちゃんはそう答《こた》え、立《た》ちあがろうとするけれど、足《あし》が痛《いた》むらしく、バランスを崩《くず》して転《ころ》んでしまった。

「無理《むり》だよ、小咲《こさき》。あきらめよう？」

小咲《こさき》ちゃんは肩《かた》をふるわせてみんなのことを見《み》あげ、一生懸命《いっしょうけんめい》にあやまる。

「ごめんなさい。わたしのせいで、みんなに迷惑《めいわく》を……」

言葉《ことば》につまってうつむいた小咲《こさき》ちゃんのほほに、涙《なみだ》がこぼれた。

みんなは口々《くちぐち》に、「あんなに練習《れんしゅう》したのに」「なんとかならないのかよ」と不安《ふあん》そうにしている。

あたしは、みんなの輪《わ》の外《そと》から、呆然《ぼうぜん》とその様子《ようす》を見《み》つめていた。

すると、輪《わ》の向《む》こう側《がわ》にいる楽《らく》と目《め》が合《あ》った。

「千棘《ちとげ》……」

楽《らく》が小声《こごえ》で言《い》うと、みんなもあたしがいることに気《き》づいたらしい。

舞子《まいこ》くんが真《ま》っ先《さき》に近《ちか》づいてくる。

「そうだ。千棘《ちとげ》ちゃんならできる。頼《たの》むよ、やってくれよ！」

もともとジュリエット役《やく》だったあたしなら、今《いま》からでも代役《だいやく》はやれるけれど――。

「嫌《いや》よ……ぜったいにイヤ！」

きっぱり拒否《きょひ》したのに、みんなは「やってよ」「頼《たの》むよ」と勝手《かって》に盛《も》りあがりはじめた。

やめてよ。もうやらないって決《き》めたのよ。

「イヤだって言《い》ってるじゃない！」

そのとき、輪《わ》の中《なか》から声《こえ》がした。

「千棘《ちとげ》ちゃん」

小咲《こさき》ちゃんがフラフラと立《た》ちあがり、歩《ある》いてくる。

「お願《ねが》い！」

そんなこと言《い》わないで。

そんなふうに頼《たの》まれたら……断《ことわ》れないじゃない。

小咲《こさき》ちゃんの澄《す》んだ瞳《ひとみ》がまっすぐにあたしを見《み》つめてきた。

8 オレたちのロミジュリ

楽《らく》

いよいよ幕《まく》が開《あ》く。

さっき、舞台《ぶたい》のそでから観客席《かんきゃくせき》をのぞいてみたら、ぎっしり満員《まんいん》。

竜《りゅう》たち集英組《しゅうえいぐみ》とビーハイブの面々《めんめん》は、舞台《ぶたい》のすぐそばの一番《いちばん》いい席《せき》に集《あつ》まっている。お互《たが》いににらみあって、せっかくの文化祭《ぶんかさい》なのにそこだけ抗争《こうそう》ムードだ。

もちろん、あのクロードと鶫《つぐみ》も来《き》ていた。

めんどうなことにならなきゃいいんだけどな。

開演《かいえん》のブザーが鳴《な》り終《お》わると、ビートの利《き》いたミュージックがスタート。

オレたちの『ロミオとジュリエット』は、集《しゅう》の演出《えんしゅつ》で音楽《おんがく》とダンスをまじえたド派手《はで》な劇《げき》にしあがっている。

舞台《ぶたい》はイルミネーションだらけだし、キラキラの紙吹雪《かみふぶき》をまき散《ち》らしたりもする。

ジュリエット役《やく》は、小野寺《おのでら》から千棘《ちとげ》に変更《へんこう》になった。

ぎくしゃくしたままのオレたちは、本当《ほんとう》にロミオとジュリエットを演《えん》じられるんだろうか——。

集《しゅう》が、物語《ものがたり》のイントロをラップ調《ちょう》で語《かた》りだす。

『♪ モンタギュー家《け》とキャピュレット家《け》　血《ち》で血《ち》を洗《あら》う権力争《けんりょくあらそ》い　街《まち》で会《あ》えばケンカばかり　一寸先《いっすんさき》は無法地帯《むほうちたい》　だがロミオとジュリエット　敵同士《かたきどうし》の家《いえ》に生《う》まれたふたり　許《ゆる》されぬ恋《こい》に落《お》ちてしまう　若《わか》いふたりの純愛《じゅんあい》が　さらに悲劇《ひげき》を生《う》んでしまう　悲《かな》しい恋《こい》の物語《ものがたり》――ワン・ツー・スリー・GO《ゴー》！』

ダンサーに扮《ふん》したクラスメイトがつぎつぎと出《で》てきて、舞台《ぶたい》の上《うえ》で踊《おど》りだした。

ロミオとジュリエットが仮面舞踏会《かめんぶとうかい》で初《はじ》めて出会《であ》って、恋《こい》に落《お》ちる大切《たいせつ》なシーンだ。

本当《ほんとう》は古《ふる》めかしいドレスを着《き》た舞踏会《ぶとうかい》だが、オレたちはノリノリのダンスにアレンジして演《えん》じるんだ。

衣装《いしょう》もドレスじゃなくて、カラフルなダンス衣装《いしょう》。

ロミオ役《やく》のオレは舞台《ぶたい》の右側《みぎがわ》、ジュリエット役《やく》の千棘《ちとげ》は左側《ひだりがわ》に立《た》った。

音楽《おんがく》が鳴《な》りやむと、観客席《かんきゃくせき》から、竜《りゅう》の「よっ、坊《ぼっ》ちゃん！」という掛《か》け声《ごえ》が飛《と》んでくる。

うわ、恥《は》ずかしいからやめてくれ……。

ロミオ　『なんとうるわしい女性《じょせい》なのだ。今《いま》までの恋《こい》を恋《こい》と呼《よ》んでいいのだろうか』
ジュリエット『この胸《むね》の高鳴《たかな》りが恋《こい》だというの？』

オレと千棘《ちとげ》は、舞台《ぶたい》の真《ま》ん中《なか》まで歩《ある》いていき、ふたりで踊《おど》りだした。

今《いま》のところうまくいっている。

ふたりともセリフをちゃんと覚《おぼ》えているし、ダンスのできも上々《じょうじょう》。

なにより、観客《かんきゃく》が盛《も》りあがってるしな。

オールスタンディング状態《じょうたい》。イスに座《すわ》ってるヤツなんてだれもいなかった。

～第《だい》二幕《まく》～

第《だい》二幕《まく》は、あの有名《ゆうめい》なバルコニーのシーンがある。
乳母役《うばやく》の橘《たちばな》が、禁断《きんだん》の恋《こい》に落《お》ちたジュリエットを説得《せっとく》する。

乳母《うば》　『ジュリエットさま。彼《かれ》は憎《にく》きモンタギュー家《け》のロミオです』

橘《たちばな》の迫真《はくしん》の演技《えんぎ》に、オレは心《こころ》の中《なか》でうなった。
こいつ、演技《えんぎ》がうめぇ。さすが、小学生演劇《しょうがくせいえんげき》コンテストで銀賞《ぎんしょう》を受賞《じゅしょう》しただけあるぜ。
ジュリエットがバルコニーに姿《すがた》をあらわし、せつなげにうったえる。

ジュリエット『ロミオ、私《わたし》の敵《かたき》はあなたの名前《なまえ》だけ。モンタギューってなんですの？　名前《なまえ》なんて、体《からだ》のどの部分《ぶぶん》でもない。ああロミオ。どうしてあなたはロミオなの？』

ロミオ　『ジュリエット、どうしてきみはジュリエットなんだ』

ジュリエット『ロミオ、どうしてここへいらっしゃったの？　もしだれかに見《み》つかりでもしたら』

おい千棘《ちとげ》、そこはオレのほうを見《み》るんだ。そっぽを向《む》くな。

ロミオ　『ジュリエット、この恋《こい》のためなら僕《ぼく》はなんでもやってのける。身内《みうち》のだれにも邪魔《じゃま》なんてさせない！』

人《ひと》のことを言《い》っている場合《ばあい》じゃなかった。
オレも視線《しせん》が定《さだ》まらない。
ぜんぜんうまく演技《えんぎ》ができねぇ。
心《こころ》のどこかにまだ、千棘《ちとげ》がとつぜんジュリエット役《やく》をおりたことや、「あたしたちどうせニセモノなんだから」と投《な》げやりな態度《たいど》になったことが引《ひ》っかかっていた。

ロミオ　『僕《ぼく》にとっても敵《かたき》はきみの名前《なまえ》だけ。僕《ぼく》の目《め》にうつるきみは、星《ほし》よりも美《うつく》しく輝《かがや》いているというのに』
ジュリエット『ロミオ、あなたこそ……あなたこそ…………………あれ？』
千棘《ちとげ》が口《くち》ごもってかたまった。
もしかして、セリフを忘《わす》れたのか⁉
異変《いへん》を察知《さっち》した観客席《かんきゃくせき》が、ざわつきはじめた。
冷《ひ》や汗《あせ》がどっと出《で》てきて、オレは千棘《ちとげ》にささやいた。
「なんでもいいから、早《はや》く！」
千棘《ちとげ》は緊張《きんちょう》で頭《あたま》が真《ま》っ白《しろ》になったらしく、とんでもないことを言《い》いだした。
ジュリエット『ロミオ、あなたこそ………白《しろ》くて細《ほそ》くて、まるでモヤシのよう』
ちょっと待《ま》て。びっくりしたオレはまたささやく。
「おい、なに言《い》ってんだよ、おまえ」

千棘《ちとげ》が小声《こごえ》で言《い》いかえしてきた。

「なんでもいいって言《い》ったの、あんたでしょっ！」

ぬあんだとぉぉぉ!?

落《お》ちこんでいるのかと思《おも》っていたら、やっぱりゴリラ女《おんな》じゃねーか！

カチンときて、オレは台本《だいほん》にはないセリフを言《い》ってやった。

ロミオ　『ジュリエット、きみこそまるでゴリラのようだ』

「だっ……だれがゴリラよ！」

千棘《ちとげ》がバルコニーからカツカツとおりてきて、オレに詰《つ》めよってくる。


ジュリエット『ロミオさま、いきなりへんなアドリブぶっこまないでくれます？』

はぁぁぁぁ？　そっちがその気《き》なら、オレだって言《い》いたいこと言《い》ってやる！

ロミオ　『セリフを忘《わす》れたのはあなたでしょう、ジュリエット！』
ジュリエット『ロミオさま。レディにゴリラだなんて失礼《しつれい》なお方《かた》！』
ロミオ　『ジュリエット！　あなたこそ、初対面《しょたいめん》の僕《ぼく》にいきなりヒザゲリを――』
ジュリエット『そんなの昔《むかし》の話《はなし》！　ロミオも小《ちい》さな男《おとこ》だわね！』
ロミオ　『あやうくこっちは死《し》にかけたんだぞ！』
ジュリエット『ネチネチうるさいわね！』

おい千棘《ちとげ》、これじゃまるで夫婦漫才《めおとまんざい》だ。ぜんぜん芝居《しばい》になってねーぞ？

それでも、オレたちがセリフを言《い》うたびに、観客席《かんきゃくせき》から爆笑《ばくしょう》が起《お》こる。チラッと見《み》ると、集英組《しゅうえいぐみ》もビーハイブも、みんな腹《はら》をかかえて笑《わら》っていた。

千棘《ちとげ》もそれに気《き》づいたらしく、目配《めくば》せをしてくる。

思《おも》わずふたりはクスッと笑《わら》ってしまった。

オレたち、そろそろまともなロミオとジュリエットに戻《もど》ったほうがいいかもな。

ふたりは視線《しせん》を合《あ》わせてうなずき、演出《えんしゅつ》どおりのポーズを作《つく》った。

ロミオはお姫《ひめ》さまを守《まも》る騎士《きし》のように片膝《かたひざ》をついてひざまずく。そしてジュリエットを見《み》あげ、右手《みぎて》を差《さ》しだす。

ジュリエットは、その手《て》をやさしく取《と》る。

ロミオ　『ジュリエット、僕《ぼく》の瞳《ひとみ》にうつるきみは、星《ほし》よりも美《うつく》しく輝《かがや》いている』
ジュリエット『ロミオ、あなたこそあの月《つき》より清《きよ》らかだわ。私《わたし》を愛《あい》するとお誓《ちか》いください』
ロミオ　『僕《ぼく》は誓《ちか》う。あの月《つき》にかけて』
ジュリエット『月《つき》はカタチを変《か》える、移《うつ》り気《ぎ》なものなのに？』

千棘《ちとげ》が……じゃなかった……ジュリエットが、せつなげな表情《ひょうじょう》でオレを見《み》おろした。

胸《むね》がドキンと高鳴《たかな》った。

気《き》が強《つよ》くて、オレを投《な》げとばすほどのバカ力《ぢから》があって、負《ま》けず嫌《ぎら》い。

千棘《ちとげ》はそういうヤツだと思《おも》って接《せっ》してきたけれど、今《いま》までオレ、ちゃんと千棘《ちとげ》のことを知《し》ろうとしただろうか。

――でも、このニセコイってのも、案外悪《あんがいわる》くないかも？

臨海学校《りんかいがっこう》のあの夜《よる》、千棘《ちとげ》はそう言《い》った。もしかして、オレになにかを伝《つた》えようとしてたんじゃないだろうか？

――もしも、あたしたちが本当《ほんとう》の恋人同士《こいびとどうし》だったら、うまくいってたと思《おも》う？

オレは大切《たいせつ》なことを見落《みお》としているんじゃないのか？

どうしてオレは、きもだめし大会《たいかい》で迷子《まいご》になった千棘《ちとげ》を、あんなに必死《ひっし》にさがしにいったんだ？

どうしてジュリエット役《やく》をおりると聞《き》いて、あんなに怒《おこ》ったんだ？

お互《たが》いに言《い》いたいことを言《い》いあって、遠慮《えんりょ》なんてしない。

ケンカをしたって最後《さいご》にはなんとなく仲直《なかなお》りしている……。

そんなヤツ、これまでいたことがあったか？

オレは、千棘《ちとげ》のことを――。

ロミオ　『……だったら、僕自身《ぼくじしん》に誓《ちか》います。僕《ぼく》は、あなたを愛《あい》しつづけます』

そこで舞台《ぶたい》のライトが落《お》ち、大道具係《おおどうぐがかり》があわただしく背景《はいけい》を入《い》れかえはじめる。

それなのに、オレはひざまずいたまま、握《にぎ》った千棘《ちとげ》の手《て》を放《はな》せないでいた。

「なにやってんのよ。早《はや》くはけて」

千棘《ちとげ》に声《こえ》をかけられて、はっと我《われ》にかえる。

「ああ、悪《わり》ぃ」

なんだか調子《ちょうし》がくるっちまったみたいだ。

オレ、今《いま》までこんな気持《きも》ちになったことは一度《いちど》もなかったよ――。

～第三幕《だいさんまく》～

第三幕《だいさんまく》の見《み》せどころは、神父《しんぷ》とオレたちふたりだけの結婚式《けっこんしき》のシーンだ。

結婚式《けっこんしき》らしく、ジュリエットは白《しろ》いドレス、ロミオは白《しろ》いシャツとジーンズに衣装《いしょう》をチェンジした。

ゴリ沢《さわ》の演《えん》じる神父《しんぷ》が、祭壇《さいだん》の前《まえ》に立《た》って告《つ》げる。

神父《しんぷ》　『憎《にく》みあい、争《あらそ》いをつづけてきたモンタギューとキャピュレットだが、ふたりの結婚《けっこん》が、両家《りょうけ》の対立《たいりつ》をいさめるだろう』

そのセリフを聞《き》いて、観客席《かんきゃくせき》にいた集英組《しゅうえいぐみ》とビーハイブの面々《めんめん》が反応《はんのう》した。お互《たが》いに相手《あいて》のほうを見《み》て、少《すこ》しきまりが悪《わる》そうな顔《かお》をする。

舞台《ぶたい》の上《うえ》のオレたちは、並《なら》んで立《た》ち、ゆっくりと視線《しせん》を合《あ》わせた。

神父《しんぷ》　『ロミオ。ジュリエットへの永遠《えいえん》の愛《あい》を誓《ちか》えるか？』

ロミオ　『誓《ちか》います。永遠《えいえん》の愛《あい》を』

台本《だいほん》にあるとおり、オレたちは向《む》かい合《あ》わせになる。

正面《しょうめん》から見《み》つめあうと、千棘《ちとげ》はやさしくほほえんだ。

ジュリエット『……私《わたし》もあなたに、永遠《えいえん》の愛《あい》を誓《ちか》います』

そのセリフのあと、千棘《ちとげ》とオレは抱《だ》きあい、誓《ちか》いのキスをする。もちろん演技《えんぎ》だから本《ほん》当《とう》にキスをしているわけじゃない。これも台本《だいほん》どおりだ。

舞台《ぶたい》が暗転《あんてん》した。

すると、千棘《ちとげ》は舞台《ぶたい》の下《した》にいる小野寺《おのでら》のほうを見《み》て、なぜか申《もう》しわけなさそうな顔《かお》をした。

「…………？」

不思議《ふしぎ》に思《おも》っているオレを残《のこ》し、千棘《ちとげ》はサッと身《み》を離《はな》して早足《はやあし》で舞台《ぶたい》そでに戻《もど》っていった。

まるで逃《に》げるように。

いったいどうしたっていうんだ？

～第《だい》四幕《まく》～

残《のこ》すはラストシーンだけ。

舞台《ぶたい》の上《うえ》には、ジュリエットがひとり。

薬《くすり》の入《はい》ったビンを取《と》りだしてゴクリとあおり、その場《ば》に倒《たお》れる。

そこに、集《しゅう》のナレーションが重《かさ》なった。

『愛《あい》は深《ふか》まるも、抗争《こうそう》のせいで引《ひ》き離《はな》されるふたり。ジュリエットは、一晩《ひとばん》だけ仮死状態《かしじょうたい》になる薬《くすり》を飲《の》み、ロミオが街《まち》から連《つ》れ去《さ》ってくれるのを待《ま》ちつづけました。そして――』


ロミオが舞台《ぶたい》そでから駆《か》けこんでいく。

薬《くすり》を飲《の》んで眠《ねむ》っているジュリエットを目《め》にすると、ショックのあまりくずおれる。

ロミオ　『ジュリエット。きみはまだ美《うつく》しく温《あたた》かいのに死《し》んでしまったのだね……』

ロミオは、ジュリエットが本当《ほんとう》は眠《ねむ》っているだけで、まだ生《い》きていることを知《し》らない。
だから、自分《じぶん》もあとを追《お》おうと毒薬《どくやく》を飲《の》んでしまう。
そんなシーンだ。
オレは毒薬《どくやく》のビンを取《と》りだした。

ロミオ　『かわいそうなジュリエット。きみをひとりにはしない。僕《ぼく》は今《いま》すぐきみのもとへ行《い》く……』

そのときだった。
ジュリエットがガバッと起《お》きあがって、オレから毒薬《どくやく》のビンをうばったのだ。
えっ？
そんな演技《えんぎ》、台本《だいほん》にはない。
オレはおどろいて芝居《しばい》を忘《わす》れてしまった。

あわてた集《しゅう》の肉声《にくせい》が、オレの耳《みみ》にも聞《き》こえてくる。

「なにやってんだ！　展開《てんかい》がちがうじゃないか！」

観客席《かんきゃくせき》がざわついた。

毒薬《どくやく》のビンをうばった千棘《ちとげ》は、アドリブのセリフを言《い》いはじめる。

ジュリエット『ロミオ。あなたには本当《ほんとう》の運命《うんめい》の相手《あいて》がいるはずです』

そして、舞台《ぶたい》の下《した》に目《め》をやった。

オレも視線《しせん》を追《お》う。

そこには小野寺《おのでら》が立《た》っていた。

その瞬間《しゅんかん》、今《いま》まで千棘《ちとげ》に投《な》げかけられた言葉《ことば》がフラッシュバックした。

——あたしなんかより、小咲《こさき》ちゃんのほうがジュリエットに合《あ》ってると思《おも》う。

そうだ、思《おも》いだした。

十二年前《ねんまえ》に、高原《こうげん》で出会《であ》った女《おんな》の子《こ》の顔《かお》を。

あれは小野寺小咲《おのでらこさき》だった。

千棘《ちとげ》はそれを知《し》っていたんだ。オレが鍵《かぎ》のペンダントを持《も》つ女《おんな》の子《こ》をさがしていることも知《し》っていた。

だからオレと小野寺《おのでら》を恋人同士《こいびとどうし》にさせようとして――。

ジュリエット『あなたは生《い》きて、その人《ひと》と結《むす》ばれてください。さようなら』

舞台《ぶたい》の上《うえ》の千棘《ちとげ》は、弱々《よわよわ》しくほほえんで、毒薬《どくやく》のビンに唇《くちびる》をあてて飲《の》みほした。

しだいに体《からだ》の力《ちから》が抜《ぬ》け、ガクッと首《くび》がかたむく。

それが演技《えんぎ》だとわかっていても、オレには耐《た》えられなかった。

「千棘《ちとげ》……」

気《き》づいたら、オレは本当《ほんとう》に泣《な》いていた。

千棘《ちとげ》を失《うしな》うのは嫌《いや》だ。

気《き》が強《つよ》くて、オレを投《な》げとばすほどのバカ力《ぢから》があって、負《ま》けず嫌《ぎら》いでも、オレは千棘《ちとげ》が好《す》きだった。
そうだ。オレはおまえのことが好《す》きなんだよ。

ロミオ　『……ごめん』

オレは涙《なみだ》をぬぐって、そう言《い》った。
それから千棘《ちとげ》の体《からだ》をぎゅっと抱《だ》きしめる。
もちろん、このセリフと演技《えんぎ》は台本《だいほん》には書《か》いていない。だから千棘《ちとげ》はおどろいていた。

ロミオ　『天国《てんごく》で結《むす》ばれよう』

ロミオは短剣《たんけん》を抜《ぬ》き、自分《じぶん》の胸《むね》を刺《さ》した。
ジュリエットの体《からだ》を抱《だ》きしめたまま、ロミオは息絶《いきた》える。
お話《はなし》はこれでおしまいだ。

観客席《かんきゃくせき》からは、割《わ》れんばかりの拍手《はくしゅ》がわきおこった。すすり泣《な》きも聞《き》こえる。
集英組《しゅうえいぐみ》とビーハイブの男《おとこ》たちまでも、争《あらそ》いを忘《わす》れたかのように抱《だ》きあって泣《な》いていた。
オレたちは、しばらく舞台《ぶたい》の上《うえ》に横《よこ》たわっていた。
千棘《ちとげ》がささやく。
「……あとで屋上《おくじょう》に来《き》て」
そして体《からだ》を起《お》こすと、舞台《ぶたい》のそでに去《さ》っていった。

9

気《き》持《も》ちはホンモノ

劇《げき》の後片《あとかた》づけを終《お》え、オレはロミオの白《しろ》い衣装《いしょう》を着《き》たまま、屋上《おくじょう》への階段《かいだん》を駆《か》けのぼる。

外《そと》へ出《で》ると、屋上《おくじょう》には西日《にしび》が差《さ》していた。

千棘《ちとげ》の姿《すがた》はない。

かわりに立《た》っていたのは——。

「小野寺《おのでら》……」

そう、屋上《おくじょう》にいたのは、小野寺《おのでら》だったのだ。

「千棘《ちとげ》ちゃんに来《く》るように言《い》われて」

オレたちはそこでだまりこんだ。

お互《たが》いに、なにをするためにここにいるのか、わかってしまったから。

小野寺《おのでら》が笑《わら》う。

「わたしね、一条《いちじょう》くんのこと、ずっと好《す》きだった」

そしてペンダントを首《くび》から外《はず》した。鍵《かぎ》の形《かたち》をしている。

十二年前《ねんまえ》、高原《こうげん》で出会《であ》った女《おんな》の子《こ》と分《わ》けあったペンダントそのものだった。

あの女《おんな》の子《こ》はやっぱり小野寺《おのでら》だったんだ。

オレも首《くび》にかけていたペンダントを、静《しず》かに外《はず》す。

このペンダントはセットになっていて、鍵《かぎ》を錠《じょう》の部分《ぶぶん》に差《さ》しこむと、ロケットがひらくしくみになっている。

ロケットをひらくと、中《なか》から出《で》てきたのはビーズで作《つく》ったふたつの指輪《ゆびわ》だった。

オレたちは、こんなかわいらしい指輪《ゆびわ》をペンダントの中《なか》に隠《かく》していたんだ。

そして、結婚《けっこん》の約束《やくそく》をして――。

「入学式《にゅうがくしき》で会《あ》ったとき、ペンダントの男《おとこ》の子《こ》だって、すぐにわかった」

小野寺《おのでら》がほほえむ。

そうだったのか。気《き》づいていたんだ。

でも、オレは気《き》づかなかった。小野寺《おのでら》の顔《かお》をすっかり忘《わす》れてしまっていた。

「……ごめん、オレは……」

「ううん。一条《いちじょう》くんを好《す》きになれたから、毎日《まいにち》が楽《たの》しかった」

こんなときまでも、小野寺《おのでら》はやさしい。

だから、本当《ほんとう》の気持《きも》ちを言《い》えそうだ。

「ずっと……小野寺《おのでら》だったらいいなって思《おも》ってた」

小野寺《おのでら》が、あのときの女《おんな》の子《こ》だったらいいなって思《おも》っていたんだ。

「でも、今《いま》はちがうんだよね？」

オレは正直《しょうじき》にうなずいた。

「……オレ、千棘《ちとげ》のことが好《す》きみたいだ」

いつの間《ま》にか、オレは千棘《ちとげ》のことをどうしようもなく好《す》きになっていた。

口《くち》をひらけばケンカばかりなのに、それでも一緒《いっしょ》にいられるのがうれしい。

オレの中《なか》で、大切《たいせつ》な存在《そんざい》になっていたんだ。

「舞台《ぶたい》を見《み》て、わたしも確信《かくしん》した。ふたりの関係《かんけい》はニセモノなんかじゃないって」

そう言《い》うと、小野寺《おのでら》はオレの手《て》から、錠《じょう》のペンダントとビーズの指輪《ゆびわ》を取《と》りあげた。

「がんばって。ロミオさま」

「うん」

オレは踵《きびす》をかえし、駆《か》けだした。

千棘《ちとげ》はまだ校内《こうない》にいるかもしれない。廊下《ろうか》ですれちがった教子先生《きょうこせんせい》にきいてみた。

「先生《せんせい》。千棘《ちとげ》、見《み》ませんでしたか」

先生《せんせい》は少《すこ》しためらってから、打《う》ち明《あ》ける。

「ごめんな。文化祭《ぶんかさい》が終《お》わるまでは内緒《ないしょ》にしてくれって言《い》われてたんだが……。桐崎《きりさき》は学《がっ》校《こう》をやめて、ニューヨークに戻《もど》ったんだ」

戻《もど》ったって。ウソだろ。

そんな話《はなし》、オレはぜんぜん聞《き》いてねえよ。

オレは校舎《こうしゃ》を飛《と》びだした。まだ竜《りゅう》たちが近《ちか》くにいるはずだ。

駐車場《ちゅうしゃじょう》を見《み》まわすと、集英組《しゅうえいぐみ》の男《おとこ》たちが、数台《すうだい》の車《くるま》に分《わ》かれて乗《の》りこもうとしているところだった。

オレは車《くるま》の前《まえ》に立《た》ちはだかって、叫《さけ》ぶ。

「頼《たの》む、おめーら！　オレをオトコにしちゃくれねえかっ！」

ふりむいた竜《りゅう》は、ぽかんとして言《い》った。

「ぼ、坊《ぼっ》ちゃん……!?」

千棘《ちとげ》は空港《くうこう》に向《む》かっているらしい。どうやってでもいいから、追《お》いつきたかった。

オレは、あいつに言《い》わなきゃいけないことがある。

今言《いまい》わないと、一生後悔《いっしょうこうかい》するはずだから――。


幹線道路《かんせんどうろ》に出《で》る頃《ころ》には、あたりはすっかり暗《くら》くなっていた。

とつぜん、車《くるま》のスピードが落《お》ちる。

フロントガラス越《ご》しに前《まえ》を見《み》ると、ずっと先《さき》まで渋滞《じゅうたい》がつづいていた。

運転《うんてん》している男《おとこ》に、竜《りゅう》がわめく。

「U《ユー》ターンだ！　急《いそ》げ！」

と、そのとき、オレたちのうしろからサイレンの音《おと》が聞《き》こえてきて、パトカーが前《まえ》に割《わ》りこんできた。

「こんなときに……」

運《うん》が悪《わる》すぎだ。

ここで警察《けいさつ》に止《と》められたら、無駄《むだ》に時間《じかん》が過《す》ぎちまう。

くやしさに歯《は》ぎしりしていたら、パトカーの窓《まど》がスルスルとさがる。

中《なか》から顔《かお》を出《だ》したのは……橘《たちばな》!?

「楽《らく》さまーっ！」

橘《たちばな》は舞《ぶ》台《たい》を見《み》て、オレたちの気《き》持《も》ちを察《さっ》したようだ。

「緊急車両《きんきゅうしゃりょう》として先導《せんどう》させますわ！」

橘《たちばな》はキラキラしたほほえみを浮《う》かべる。

でも、そんなことしたら、オレと千棘《ちとげ》の仲《なか》を取《と》り持《も》つことになる。それでいいのか？

「おまえ……」

「桐崎《きりさき》さんから楽《らく》さまをうばいとるくらい、いつでもできますもの！　今《いま》はロマンチック優先《ゆうせん》で！」

なんてヤツなんだ。

オレ、おまえのこと、誤解《ごかい》していたのかもしれないな。

「すまねえ、橘《たちばな》！」

ありがとう。この恩《おん》はいずれかえすからな。

オレが乗《の》った集英組《しゅうえいぐみ》の車《くるま》は、パトカーに先導《せんどう》されて道路《どうろ》を爆走《ばくそう》した。

一刻《いっこく》も早《はや》く、千棘《ちとげ》のいる場所《ばしょ》にたどりつきたい。

でないと間《ま》にあわないんだ……。

空港《くうこう》に到着《とうちゃく》すると、オレは車《くるま》から飛《と》びだした。

ところが。

目《め》の前《まえ》に立《た》ちふさがっていたのは、鶫《つぐみ》とビーハイブの男《おとこ》たちだった。

集英組《しゅうえいぐみ》の男《おとこ》たちもつぎつぎと車《くるま》からおりる。両者《りょうしゃ》がズラリと並《なら》び、にらみあった。

「坊《ぼっ》ちゃんを通《とお》せ」

竜《りゅう》がすごむと、男《おとこ》たちをしたがえて立《た》っていた鶫《つぐみ》が、冷《つめ》たくかえす。

「お嬢《じょう》に会《あ》わせることはできない。クロードさまのご命令《めいれい》だ」

集英組《しゅうえいぐみ》もビーハイブも、一歩《いっぽ》も引《ひ》く気配《けはい》がない。

このままだれかが引《ひ》き金《がね》を引《ひ》いたら、本当《ほんとう》に抗争《こうそう》が勃発《ぼっぱつ》しちまう……！

「やめろ！」

オレは男《おとこ》たちの間《あいだ》に入《はい》っていって、コンクリートの地面《じめん》に膝《ひざ》をついた。

思《おも》いをこめて、土下座《どげざ》をする。

かっこ悪《わる》くたってかまわなかった。

「千棘《ちとげ》を……もうジュリエットみたいに悲《かな》しませたくないんだ！」

このままニューヨークに帰《かえ》してしまうのは嫌《いや》なんだ。

あいつをひとりきりで放《ほう》っておくことなんて、ぜったいにできない。

「頼《たの》む、通《とお》してくれ。オレはあいつにどうしても言《い》わなきゃいけないことがある。お願《ねが》いします！」

もう一度《いちど》深《ふか》く頭《あたま》をさげる。

鶫《つぐみ》は、オレをだまって見《み》おろしていた。

しばしの間《ま》があって、鶫《つぐみ》がパチンと指《ゆび》を鳴《な》らす。

それが合図《あいず》だったのか、整列《せいれつ》していたビーハイブの男《おとこ》たちが、ザッと二手《ふたて》に分《わ》かれ、オレに道《みち》を空《あ》けてくれた。

おどろいて見《み》あげると、鶫《つぐみ》はクイッと顎《あご》を動《うご》かす。

「行《い》け」と言《い》っているんだ。

ゆっくりと立《た》ちあがったオレを見《み》て、集英組《しゅうえいぐみ》の男《おとこ》たちが、腰《こし》を低《ひく》く落《お》とした姿勢《しせい》で叫《さけ》んだ。

「お気《き》をつけてぇ、いってらっしゃいませぇ！　二代目《だいめ》ぇ！」

みんな、ありがとう。

オレはしっかりとうなずき、千棘《ちとげ》をさがすために走《はし》りだした。

空港《くうこう》のロビーを走《はし》っていると、窓《まど》の外《そと》に小型《こがた》ジェット機《き》がとまっているのが目《め》に入《はい》った。

機体《きたい》には、BEEHIVE《ビーハイブ》の文字《もじ》。

あれにちがいない。千棘《ちとげ》はあの自家用機《じかようき》に乗《の》っている。

滑走路《かっそうろ》への出口《でぐち》をさがして、また走《はし》る。

するとそのとき、通路《つうろ》の陰《かげ》から、音《おと》もなく男《おとこ》があらわれた。

ピンク色《いろ》のスーツを着《き》たクロード――。

見《み》くだしたようにオレをにらみ、行《ゆ》く手《て》をさえぎる。

「こんなところでなにをしている」

「千棘《ちとげ》に言《い》わなきゃならねえことがある！」

クロードは、近《ちか》づいてきたかと思《おも》ったら、いきなりオレの顔面《がんめん》をぶんなぐった。

衝撃《しょうげき》でよろけ、床《ゆか》にうつぶせに倒《たお》れてしまう。

「お嬢《じょう》はもうおまえの恋人《こいびと》でもなんでもない。勘《かん》ちがいするな」

そうやってなんでも決《き》めつけるんじゃねぇ。

オレは本気《ほんき》なんだ。

ふらつく足《あし》をふんばって、立《た》ちあがる。

「勘《かん》ちがいなんかじゃない!」

クロードは、またオレをなぐりつけ、腹《はら》に蹴《け》りを入《い》れた。

何度《なんど》なぐられようと、負《ま》けるわけにはいかない。

オレはもう一度《いちど》立《た》ちあがった。なぐられたほほが痛《いた》くて、自然《しぜん》とうめき声《ごえ》がもれてしまう。

切《き》れた唇《くちびる》からは血《ち》が流《なが》れた。

「……やっと気《き》づいたんだ。自分《じぶん》の気持《きも》ちに」

クロードはジャケットの内《うち》ポケットから銃《じゅう》を抜《ぬ》き、オレに突《つ》きつける。

そして静《しず》かに言《い》った。

「きさまはまだわかっていないのだ。ビーハイブのひとり娘《むすめ》と一緒《いっしょ》になるということが。ビーハイブの宝《たから》を背負《せお》うということが。きさまにお嬢《じょう》は守《まも》れない!」

「オレはぜったいに千棘《ちとげ》を守《まも》ってみせる。集英組《しゅうえいぐみ》とかビーハイブとか、そんなの関係《かんけい》ない!」

銃口《じゅうこう》はオレの額《ひたい》を狙《ねら》っていた。

「ニセモノの言葉《ことば》は、もう聞《き》き飽《あ》きた」

カチャリと撃鉄《げきてつ》を起《お》こし、クロードが言《い》う。

「またどうせ逃《に》げだすのだろう？　さあ逃《に》げろ！」

学校《がっこう》の屋上《おくじょう》で同《おな》じように銃口《じゅうこう》を向《む》けられたとき、オレはたしかに逃《に》げだした。

でも今《いま》はちがう。

「もう逃《に》げたりなんかしない」

オレは一歩《いっぽ》踏《ふ》みだし、自分《じぶん》から銃口《じゅうこう》に額《ひたい》をつけにいった。

ひんやりとした金属《きんぞく》の冷《つめ》たさが、肌《はだ》に伝《つた》わってくる。

撃《う》たれたら、いっかんの終《お》わりだ。

緊張《きんちょう》で息《いき》ができなくなる。

心臓《しんぞう》がはねるように鼓動《こどう》して、てのひらが汗《あせ》ばんだ。

それでも、銃越《じゅうご》しに見《み》えるクロードの顔《かお》をにらみつける。

引《ひ》き金《がね》にかけられたクロードの指《ゆび》が、ゆっくりと動《うご》いた。

「……死《し》ね」
クロードはそう言《い》って、引《ひ》き金《がね》を引《ひ》いた。

カチャッ。

えっ？
思《おも》いがけず軽《かる》い音《おと》がして、オレはその場《ば》に立《た》ち尽《つ》くした。
ほっとしたとたん、体《からだ》じゅうの力《ちから》が抜《ぬ》けてしまう。
「今度《こんど》は逃《に》げなかったな」
クロードは、フッとほほえんで踵《きびす》をかえした。
そしてそのまま、静《しず》かに歩《ある》き去《さ》っていった。
もしかして……はじめから弾《たま》なんて入《はい》っていなかったのか？

きっとオレは、クロードに試《ため》されていたんだ。
千棘《ちとげ》を思《おも》う気持《きも》ちが、本物《ほんもの》かどうかを。

ターミナルビルを出《で》て外《そと》に駆《か》けていくと、チラチラと雪《ゆき》がふりはじめていた。
飛行機《ひこうき》は、滑走路《かっそうろ》へ向《む》かい、ゆっくりと動《うご》きだしている。
オレは、大声《おおごえ》で叫《さけ》んだ。

「千棘《ちとげ》ーっ！　待《ま》ってくれ、千棘《ちとげ》！」

全速力《ぜんそくりょく》で走《はし》った。とにかく必死《ひっし》だった。
千棘《ちとげ》を取《と》り戻《もど》したい。その一心《いっしん》だった。
止《と》まってくれ、飛《と》びたたないでくれ。

そう祈《いの》るが、飛行機《ひこうき》との距離《きょり》はどんどん広《ひろ》がっていくばかりだ。

「千棘《ちとげ》────────っ!!」


もう間《ま》にあわないのか？

くやしくて歯《は》をくいしばったそのとき、飛行機《ひこうき》はじょじょに速度《そくど》を落《お》としはじめた。

やがて完全《かんぜん》に止《と》まり、ドアがひらく。

タラップがおろされ、あらわれたのは、赤《あか》いワンピースを着《き》た千棘《ちとげ》だった。

「楽《らく》……」

千棘《ちとげ》がタラップを駆《か》けおり、こっちへ向《む》かって走《はし》ってくる。

「千棘《ちとげ》……！」

全速力《ぜんそくりょく》で走《はし》っていったオレは、息《いき》を弾《はず》ませながら、少《すこ》しの距離《きょり》を置《お》いて立《た》ちどまった。

オレはまだロミオの白《しろ》い衣装《いしょう》を着《き》ていた。でも、汚《よご》れてしまってボロボロだ。

汗《あせ》だくだし、髪《かみ》だってきっとボサボサだ。

クロードになぐられた口《くち》の端《はし》は腫《は》れて、乾《かわ》いた血《ち》がこびりついている。

そんなオレを見《み》て、千棘《ちとげ》は静《しず》かに言《い》った。

「なにその顔《かお》？」

「なんでもねえよ」

「衣装《いしょう》のままだし」

「……笑《わら》いたきゃ笑《わら》えよ」

千棘《ちとげ》は笑《わら》わなかった。

泣《な》きそうな顔《かお》をして、オレを見《み》つめる。

「なにしに来《き》たのよ。あたしは楽《らく》がずっとさがしてた女《おんな》の子《こ》じゃないんだよ」

「わかってる」

そんなこと、言《い》われなくたってわかってるよ。

それでもここに来《き》たんだ。迷《まよ》いなんてなかった。

オレは一歩《いっぽ》、千棘《ちとげ》に近《ちか》づいた。

「あたし、口《くち》は悪《わる》いし、暴力《ぼうりょく》ばっかだし、おまけにすっごくワガママなんだよ？」

「しかもウソつきだしな」

もう嫌《いや》になるくらい、ふりまわされたよ。それでもここに来《き》たんだ。

オレはまた一歩《いっぽ》、近《ちか》づいた。

「あんたといてもケンカばっかだし」

「それでも、オレはおまえといるのが一番楽《いちばんたの》しいんだ」

千棘《ちとげ》は涙《なみだ》をこらえながら、声《こえ》をふりしぼる。

「なに言《い》ってるのよ……あたしたちはニセモノなんだよ?」

「ニセモノなんかじゃない。オレの気持《きも》ちはホンモノだ」

オレはまっすぐに千棘《ちとげ》を見《み》つめて、言《い》った。


「オレは、桐崎千棘《きりさきちとげ》を愛《あい》しています」


千棘《ちとげ》の声《こえ》がふるえ、目《め》から涙《なみだ》がこぼれ落《お》ちた。

「楽《らく》……あんたのことなんか……あんたのことなんか……」

そして、にっこり笑《わら》った。

「もちろん、大《だい》っ嫌《きら》いよ！」

千棘《ちとげ》が転《ころ》がるように駆《か》けてきて、オレの胸《むね》に飛《と》びこむ。
オレは千棘《ちとげ》の温《あたた》かい体《からだ》を、ぎゅっと抱《だ》きしめた。

粉雪《こなゆき》がふわふわ舞《ま》い落《お》ちる中《なか》、オレたちは初《はじ》めてのキスをした。
オレたちのロミジュリのストーリーは、どうやらハッピーエンドで幕《まく》を閉《と》じるらしい。
愛《あい》を永遠《えいえん》に。その言葉《ことば》を、大切《たいせつ》に胸《むね》の奥《おく》にしまって。
これからオレたちは、ホンモノの恋《こい》をはじめるんだ。

（おわり）

この本は映画『ニセコイ』（二〇一八年十二月公開／河合勇人監督／小山正太・杉原憲明脚本）をもとにノベライズしたものです。また、映画『ニセコイ』はジャンプコミックス『ニセコイ』（古味直志／集英社）を原作として映画化されました。

集英社みらい文庫

ニセコイ

映画《えいが》ノベライズ みらい文庫版《ぶんこばん》

古味直志《こみなおし》　原作
はのまきみ　著
小山正太《こやましょうた》　杉原憲明《すぎはらのりあき》　脚本

ファンレターのあて先
〒101-8050　東京都千代田区一ツ橋2-5-10　集英社みらい文庫編集部
いただいたお便りは編集部から先生におわたしいたします。

2018年 12月26日　第1刷発行
2019年 8月13日　第4刷発行

発行者　北畠輝幸
発行所　株式会社 集英社
〒101-8050　東京都千代田区一ツ橋2-5-10
電話　編集部 03-3230-6246
読者係 03-3230-6080
販売部 03-3230-6393(書店専用)
http://miraibunko.jp
装　丁　+++ 野田由美子　中島由佳理
印　刷　大日本印刷株式会社　凸版印刷株式会社
製　本　大日本印刷株式会社

★この作品はフィクションです。実在の人物・団体・事件などにはいっさい関係ありません。

ISBN978-4-08-321478-3　C8293　N.D.C.913　172P　18cm

だけど抗争《こうそう》寸前《すんぜん》の集英組《しゅうえいぐみ》とビーハイブ……
今までぁ手加減してやったけんどのぉ…
今度《こんど》という今度《こんど》は許《ゆる》さへんぞ…!!
竜…
ふん…猿共《さるども》が…
お嬢に手を出したらどうなるか教えてやる…
親《おや》のために“ニセコイ”同士《どうし》に!?
こいつらぁラブラブの恋人同士《こいびとどうし》だからね
バレたら即抗争《そくこうそう》!?
ゴゴゴゴゴゴゴゴ
坊《ぼ》っちゃん達《たち》…
本当《ほんとう》に恋人同士《こいびとどうし》なんスか…?
果《は》たしてこの“恋《こい》”どうなる!?
ヒュー ヒュー
熱いねー!!
朝から見せつけてくれちゃって～!!
ヒュー ヒュー
vol.25 ニセコイ JUMP COMICS
ニセコイ
古味直志
週刊少年《しゅうかんしょうねん》ジャンプ連載最長《れんさいさいちょう》ラブコメ!!
この“ニセコイ”の行方《ゆくえ》はコミックスで!

「みらい文庫《ぶんこ》」読者《どくしゃ》のみなさんへ

言葉《ことば》を学《まな》ぶ、感性《かんせい》を磨《みが》く、創造力《そうぞうりょく》を育《はぐく》む……、読書《どくしょ》は「人間力《にんげんりょく》」を高《たか》めるために欠《か》かせません。たった一枚《いちまい》のページをめくる向《む》こう側《がわ》に、未知《みち》の世界《せかい》、ドキドキのみらいが無限《むげん》に広《ひろ》がっている。これこそが「本《ほん》」だけが持《も》っているパワーです。

学校《がっこう》の朝《あさ》の読書《どくしょ》に、休《やす》み時間《じかん》に、放課後《ほうかご》に……。いつでも、どこでも、すぐに続《つづ》きを読《よ》みたくなるような、魅力《みりょく》に溢《あふ》れる本《ほん》をたくさん揃《そろ》えていきたい。読書《どくしょ》がくれる、心《こころ》がきらきらしたり胸《むね》がきゅんとする瞬間《しゅんかん》を体験《たいけん》してほしい、楽《たの》しんでほしい。みらいの日本《にほん》、そして世界《せかい》を担《にな》うみなさんが、やがて大人《おとな》になった時《とき》、「読書《どくしょ》の魅力《みりょく》を初《はじ》めて知《し》った本《ほん》」「自分《じぶん》のおこづかいで初《はじ》めて買《か》った一冊《いっさつ》」と思《おも》い出《だ》してくれるような作品《さくひん》を一所懸命《いっしょけんめい》、大切《たいせつ》に創《つく》っていきたい。

そんないっぱいの想《おも》いを込《こ》めながら、作家《さっか》の先生方《せんせいがた》と一緒《いっしょ》に、私《わたし》たちは素敵《すてき》な本作《ほんづく》りを続《つづ》けていきます。「みらい文庫《ぶんこ》」は、無限《むげん》の宇宙《うちゅう》に浮《う》かぶ星《ほし》のように、夢《ゆめ》をたたえ輝《かがや》きながら、次々《つぎつぎ》と新《あたら》しく生《う》まれ続《つづ》けます。

本《ほん》を持《も》つ、その手《て》の中《なか》に、ドキドキするみらい――――。

本《ほん》の宇宙《うちゅう》から、自分《じぶん》だけの健《すこ》やかな空想力《くうそうりょく》を育《そだ》て、〝みらいの星《ほし》〟をたくさん見《み》つけてください。

そして、大切《たいせつ》なこと、大切《たいせつ》な人《ひと》をきちんと守《まも》る、強《つよ》くて、やさしい大人《おとな》になってくれることを心《こころ》から願《ねが》っています。

2011年《ねん》　春《はる》

集英社《しゅうえいしゃ》みらい文庫《ぶんこ》編集部《へんしゅうぶ》